Josephine Siebe, Ernst Liebermann

Deutsche Jugend in schwerer Zeit

Erzählung für die Jugend Dritte Auflage

Josephine Siebe, Ernst Liebermann

Deutsche Jugend in schwerer Zeit
Erzählung für die Jugend Dritte Auflage

ISBN/EAN: 9783337359935

Hergestellt in Europa, USA, Kanada, Australien, Japan

Cover: Foto ©Andreas Hilbeck / pixelio.de

Weitere Bücher finden Sie auf **www.hansebooks.com**

Deutsche Jugend in schwerer Zeit

Erzählung für die Jugend

von

Josephine Siebe

Mit Bildern von
Professor Ernst Liebermann

Dritte Auflage

Verlag von A. Anton & Co. in Leipzig

Printed in Germany.

Otto Wigand'sche Buchdruckerei G. m. b. H., Leipzig.

1. Kapitel.
Im Herrenhaus zu Kloningken.

In das große Wohngemach des Herrenhauses zu Kloningken drang der Duft der blühenden Holunderbüsche. Die Sonnenstrahlen lugten durch das dichte Laub des Pfeifenkrautes, welches die Südwand des Hauses umzog, sie malten große leuchtende Flecke auf den weißgescheuerten Fußboden und sie flimmerten auf den steifen, weißlackierten Möbeln. Das Zimmer war ganz in einen grüngoldenen Glanz getaucht, selbst die alte Kastenuhr in der Ecke hatte noch etwas von dem Schimmer abbekommen. An einem der weitgeöffneten Fenster saß eine schlanke Frau, die Herrin des Hauses, Friederike von Seeheim. Die Frau trug ein schwarzes Gewand, ein weißes Flortuch war um ihre Schultern geschlungen, und durch das volle aschblonde Haar zogen bereits silberne Fäden. Wie ein schönes steinernes Bild, so saß die Frau in all dem strahlenden Frühlingslicht, selbst das leise Lachen, das mitunter wie Vogelgezwitscher durch das Zimmer tönte, fand keinen Widerschein auf ihrem blassen, fast finsteren Gesicht. Das Lachen kam von dem andern Fenster her, dort saßen mehrere Kinder traulich beisammen. Ein Mädchen von vielleicht vierzehn Jahren hatte den Platz vor einem zierlichen Nähtisch inne. Renate von Bergen, so hieß die Kleine, trug ein weißes Kleid, das ihr bis auf die Knöchel herabfiel und noch die in Kreuzbänderschuhen steckenden Füßchen sehen ließ, eine schwarze Schärpe schlang sich dicht unter der Brust um das Kleid. Dichte Zöpfe hingen ihr auf den Rücken herab und das Blondhaar legte sich schlicht um ein sanftes liebliches Gesicht. Sie zeigte einem jüngeren Mädchen einige Stiche an einer linnenen Decke, sie tat es mit viel freundlicher Geduld, ohne daß es ihr gelang, die

Aufmerksamkeit der Gefährtin zu fesseln. Diese andere, die Tochter des Kloningkener Pfarrers, Luise Flemming, war ganz das Gegenteil von Renate, dunkles, lockiges Haar umkrauste eine niedrige Stirn und braune Schelmenaugen blitzten unter langen Wimpern hervor. Sie schnitt allerlei Grimassen zu zwei Knaben hinüber, ihrem Bruder Walter und Hans-Heinrich von Seeheim, dem Sohn des Hauses. Beide Knaben saßen dicht nebeneinander, sie lasen eifrig in einem Buch und sie achteten wenig auf das, was um sie herum geschah. Luise konnte viel nicken und kichern, »die Leseratten«, wie sie schmollend die beiden nannte, merkten nichts von ihren Schelmereien. Desto mehr Beifall aber fanden diese bei ihrem jüngeren Bruder, dem vierjährigen Fritz. Dessen rundes Apfelgesichtchen strahlte, er fand alles was die Schwester tat sehr komisch, und immer wieder durchtönte sein Lachen die Stille des Zimmers. Dann flog jedesmal ein mißbilligender Blick der Hausfrau zu den Kindern hin und Renate bat ängstlich: »Sei doch still, Luise!«

Plötzlich wurde hastig die Tür geöffnet und eine dicke ältere Frau trat rasch ein. Auf ihrem Haupte thronte eine weiße, mit feuerroten Schleifen geschmückte Riesenhaube, und als die Frau den Kindern zunickte, nickten die Schleifen mit, wie ein paar Mohnblumen im Winde. Luise kicherte leise und Fritz lachte laut. Die Eingetretene aber machte vor Frau von Seeheim eine sehr tiefe, sehr kunstvolle Verbeugung und sagte: »Wollen die gnädige Frau Baronin nicht die Güte haben hinauszukommen, der alte Barduwik aus Schönheide ist da, um etwas zu bestellen. Er ist sehr embarrasiert von wegen seiner schmutzigen Stiefel und wagt nicht, im Chambre der gnädigen Frau seine Devotion zu machen.« –

Ein flüchtiges Lächeln huschte über das ernste Gesicht der Hausfrau, sie legte sorgsam ihre Arbeit zusammen und ging, die Nachrichten zu hören, die ihr ihre Verwandten sagen ließen. Jungfer Karoline oder, wie sie sich lieber nennen hörte, Demoiselle Karoline, folgte in zierlichem Tanzschritt ihrer Herrin nach. Die Jungfer war ein rechtes Faktotum in Kloningken, sie vereinigte viele Ämter in einer Person und war Wirtin, Gesellschafterin und Kammerzofe zugleich. Vor allem aber war sie die Vertraute ihrer Herrin in vielen Dingen. Sie war in der Jugend Frau von Seeheims Spielgefährtin gewesen und hatte die heiteren Mädchenjahre mit ihr verlebt. Später hatte sie dann mehrere Jahre in einem reichsgräflichen Hause als Zofe gedient und hatte dort, wie sie stets betonte, feine Manieren und Sprache gelernt, durch die sie nun im Dorf Kloningken und bei den übrigen Dienstboten in besonderem Ansehen stand.

Kaum hatte Herrin und Dienerin das Zimmer verlassen, als Luise aufsprang. »Uf,« rief sie, »gut, daß die Frau Pate hinausgegangen ist, Renate, schilt nicht, ich kann nicht mehr arbeiten, ich bin schon ganz steif von diesem ewigen Stillsitzen.« Sie warf die Leinewand, an der sie gearbeitet hatte, hoch empor und fing sie lachend wieder auf. »Kinder, hört, ich muß wirklich einmal in den Garten gehen.« Sie raffte ihr Rosakleid zierlich zusammen und machte eine tiefe Verbeugung, genau so wie vorher Jungfer Karoline, und sagte feierlich: »Wollen die Demoiselle mich gnädigst entschuldigen, und wenn der Herr Junker und der Herr Bruder mich gütigst begleiten wollen, möchte ich anjetzo eine Promenade in den Park unternehmen!« –

»Ob du wohl jemals ernsthaft sein kannst, Luise,« sagte

der ältere der beiden Knaben etwas vorwurfsvoll. Er war ein hoch aufgeschossener Jüngling von sechzehn Jahren, ebenso dunkelhaarig wie die Schwester, mit feurigen, braunen Augen und einem trotzig ernsten Zug in dem hübschen Gesicht. Sein Gefährte war kleiner und er sah, trotzdem er nur einige Monate weniger zählte, viel jünger aus. Er glich im Schnitt des Gesichtes, in Haar- und Augenfarbe der Dame des Hauses, nur lag in seinen Zügen eine frohsinnige Heiterkeit, und er schien auch mehr Lust zu haben, auf Luises Scherz einzugehen.

»Warum schiltst du mich, Walter?« schmollte diese. Sie verzog weinerlich die roten Lippen, während große Tränen in ihre Augen traten. Klagend sagte sie: »Sieh doch, wie die Sonne scheint, alles blüht draußen, die Vögel singen, ach, es ist so schön, aber wenn ich mich freuen will und lachen, dann werde ich scheel angesehen!«

Begütigend nahm Renate ihre Hand, »Walter hat es nicht böse gemeint, lache du nur ruhig, wenn es dir danach zu Sinn ist. Nimm Fritz und gehe mit ihm in den Garten, die Frau Tante wird nicht schelten, ich werde rasch deinen Saum fertig nähen!«

»Renate hat recht, Walter! Laß Luise sich doch freuen, sie ist ja noch ein Kind!«

Luise hob das Köpfchen und warf trotzig die Locken in den Nacken. »Pah, ich bin kein Kind, ich werde im November zwölf Jahre alt und du bist noch nicht mal sechzehn!«

Hans-Heinrich lachte. Er verbeugte sich sehr tief und sehr feierlich und bat schelmisch: »Wollen Euer Gnaden mir gnädigst Verzeihung gewähren, und darf ich die Ehre haben, die furchtbar alte Demoiselle in den Garten zu geleiten?«

Von Luises Gesicht wich rasch alle Trauer. Sie hing sich lachend an des Freundes Arm, nahm Fritz an die Hand, und die kleine Gesellschaft verließ unter munterem Geplauder das Zimmer. Bald erschallten vom Garten herauf ihre heiteren Stimmen, erst nah, dann fern und ferner, zuletzt verhallten sie ganz und in dem Zimmer war es wieder still geworden. Mit einem leisen Seufzer beugte sich Renate wieder über die Arbeit und emsig flog die Nadel auf und ab. Walter las weiter in seinem Buche. Er hatte alles um sich herum vergessen und er schrak ordentlich zusammen, als leise die Tür klappte und Frau von Seeheim wieder das Zimmer betrat. »Die andern sind in den Garten gegangen,« sagte Renate, die den fragenden Blick der Tante verstand.

»Luise kann es nie bei einer Arbeit aushalten,« sagte diese ein wenig mißbilligend. Sie nahm ihren Platz am Fenster wieder ein, sie nahm ihre Arbeit aber nur lässig in die Hand. Der sorgenvolle Ausdruck auf ihrem Gesicht hatte sich vertieft und immer wieder ruhten ihre Blicke auf einem Bild, das ihr gegenüber an der Wand hing.

Es stellte einen Offizier in Kürassieruniform dar, einen schönen Mann, mit einem heiteren, frohen Ausdruck im Gesicht, um den Rahmen aber schlang sich ein schwarzes Florband.

Renate sah dies wohl. »Die Tante hat Sorgen,« dachte sie schmerzlich bewegt, »vielleicht hat sie eine traurige Nachricht bekommen! Was mag es sein?«

Fast beklemmend wurde die Stille im Zimmer, zuletzt ließ auch Renate ihre Arbeit sinken und starrte hinaus in den vom Sonnenschein überfluteten Garten. Draußen war es so schön und friedlich, trotzdem stieg in dem Herzen des jungen Mädchens eine heiße Angst empor, sie meinte in der Ferne ein dumpfes Dröhnen zu hören. Sie hatte ein Gefühl, als käme ein Unheil näher und näher und bange lauschte sie.

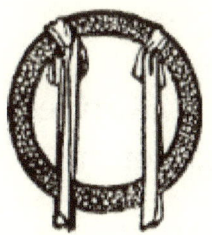

2. Kapitel.
Ungebetene Gäste.

Man schrieb das Jahr 1812. Seit sechs Jahren war Frau
Friederike von Seeheim, die Herrin von Kloningken, Witwe.
Ihr Gatte war in der unglückseligen Schlacht bei Jena
gefallen und wenige Wochen später war ihr ältester Sohn bei
Eylau tödlich verwundet worden. Man hatte den jungen
Fähnrich nach Kloningken gebracht und dort war er nach
etlichen Tagen in den Armen seiner Mutter gestorben.

Seit jener Zeit hatte Frau von Seeheim das Gut nicht mehr
verlassen. Sie widmete sich ganz der Erziehung ihres
jüngsten Sohnes Hans-Heinrich, des einzigen, der ihr von
vier Söhnen geblieben war. Die anderen beiden waren schon
im zartesten Alter gestorben. Tatkräftig, mit starker Hand
verwaltete Frau Friederike ihren Besitz, sie war nicht milde
und darum oft mehr gefürchtet als geliebt von ihren
Untergebenen, aber sie war gerecht. Freilich ihre Liebe
konnte sie niemand geben, die gehörte fast ausschließlich
ihrem Sohn. Der war ihr Abgott, ihr Liebstes auf der Welt,
und im Herzen zitterte immer die heimliche Angst, der Sohn
könne eines Tages den Beruf des Vaters ergreifen wollen. Im
Äußeren glich Hans-Heinrich seiner Mutter, im Wesen
seinem Vater. Er besaß die gleiche heitere Liebenswürdigkeit
und den sorglosen Mut wie sein Vater, der am Morgen der
Schlacht mit einem Lachen auf den Lippen in den Kampf
gezogen war. Wohl blieb der Ernst der Zeit nicht ohne
Einfluß auf den Knaben und er konnte mit blitzenden
Augen und heißen Wangen mit seinem Freunde Walter
Flemming von Krieg und Freiheit sprechen. Dann aber tollte
er auch wieder übermütig durch den Park und verschmähte
es nicht, mit Luise und Fritz Flemming Ritter und Räuber

feste darauf zu!«

Vom Fenster des Wohnzimmers aus aber sah Frau Friederike mit sorgenvoller Miene dem Spiele zu. Ein Spiel war's nur, kindlich und töricht, aber ihr war das Spiel ein Symbol für ernste Taten. Ihr Mutterherz bangte um den Sohn, den Sohn des heldenmütigen Vaters, der jetzt im Spiel seine junge Kraft erprobte. Am liebsten hätte sie ihn herausgerissen aus der frohen Schar da unten, aber durfte sie ihn denn seiner Freuden berauben? Zuletzt aber hielt sie es nicht mehr aus in ihrer Unruhe. Sie ging hinaus und schalt heftig auf Renate und Luise, es sei unpassend für Mädchen, so wild zu spielen. Sie fühlte selbst, daß sie ungerecht war in ihrem Zorn, daß sie ohne Grund die Freude der Kinder störte. Es tat ihr dann selbst bitter weh, als alle betrübt auseinandergingen, was war aber doch deren leicht vergessener Schmerz gegen ihre nimmermüde Mutterangst!

Die Freunde vergaßen auch schnell das Sturzbad, wie Luise solche Störungen zu nennen pflegte. Schon der nächste Tag vereinte sie wieder, denn sie hielten treue Freundschaft miteinander. Auch der Unterricht brachte sie zusammen. Den leitete teils Pfarrer Flemming, teils der Lehrer des Dorfes. Dieser, der Magister Ludwig Fürchtegott Richter, war ein etwas wunderlicher Mann. Er hatte Geistlicher werden wollen, er hatte aber seiner Armut wegen sein Studium nicht beenden können. Er war lange Jahre hindurch Hauslehrer gewesen und zuletzt in Frau von Seeheims Haus als Lehrer ihres ältesten Sohnes gekommen. Hier war er geblieben; auf seine Bitte hatte es ihm seine Herrin gern gestattet, die Dorfkinder zu unterrichten, zugleich spielte er die Orgel in der Kirche und versah Küsterdienste. So lebte er nun seit Jahren ein stilles, beschauliches Leben im Dorf. Im Sommer streifte er oft stundenlang in den Wäldern umher, suchte Pflanzen, die er sorgsam studierte und trocknete; spielte dazwischen mitten im Walde ein Stücklein auf seiner Geige, seiner unzertrennlichen Begleiterin, und wenn er in sein kleines Schulhaus heim kam, fand er, er sei einer der glücklichsten Menschen der Welt. Alle liebten ihn seiner rührenden Herzensgüte wegen, am meisten aber die Kinder. Oftmals hielt er Schulstunde in seinem geliebten Wald. Da wurde dann seine Zunge beredt und schließlich wurde weder gerechnet noch gelesen, der alte Lehrer erzählte seinen Schülern die wundersamsten Märchen und Sagen; er erzählte von den Wundern der Schöpfung, von dem Leben der Pflanzen und Tiere, von dem stillen geheimnisvollen Leben im Walde. Seine besondere Freundin war Luise Flemming. Diese brachte es fertig, mitten in der Stunde den Lehrer so lange zu bitten, bis er die Bücher beiseite legte und seine schönen, feinen Geschichten zu erzählen begann. Niemand lauschte dann andächtiger als Luise, in solchen Stunden war sie so still und aufmerksam, als wäre sie von Beruf ein Musterkind.

Sonst aber war es immer Luise, die den heiteren Ton anschlug, die allezeit zu Scherz und Lachen bereit war, die freilich auch nie eine Neckerei übelnahm. Frau Friederike meinte oft mit leisem Kopfschütteln: »Wenn Luise da ist, geht es nie still und gesittet zu.«

Die Kleine, welche im Grunde ihres Herzens eine große Liebe für die ernste Frau empfand, gab sich zwar redlich Mühe, in deren Gegenwart ruhig zu sein, aber ein herunterfallendes Buch, ein davonrollendes Wollknäuel erregte ihre Heiterkeit. Dann waren alle guten Vorsätze vergessen, und unaufhaltsam erscholl ihr perlendes Lachen, und aus ihren Augen blitzte der Kobold. Sie klagte ihrer Mutter oft ihr Leid: »Sie schelten mich doch nicht, wenn ich lustig bin, und die Frau Pate ist immer so böse, ist es denn wirklich ein Unrecht?«

Charlotte Flemming strich dann wohl beruhigend über das lockige Haar ihres kleinen Unbandes und sagte: »Unsere Freundin hat viel Trauriges erlebt, mein Kind, und sie ist darum so ernst. Versuch es immer, daran zu denken, wenn du bei ihr bist, beherrsche deine Lachlust und sei so sanft und bescheiden wie nur möglich. Lerne es verstehen, meine Kleine, daß Menschen, die sehr unglücklich sind, doppelte Rücksicht verdienen!«

Das so wenig liebevolle Wesen der Freundin aber bereitete Frau Charlotte doch großen Kummer. Was hatten ihre Kinder denn nur getan? Traurig sagte sie einmal zu ihrem Manne: »Ich habe oft das Gefühl, daß Friederike den Verkehr mit unseren Kindern überhaupt nicht mehr so gern sieht, auch gegen Walter ist sie so schroff, und er war doch sonst ihr Liebling, nur unseren kleinen Fritz will sie immer um sich haben.«

»Leider ist es so,« sagte der Pfarrer traurig, »unsere Freundin bangt um ihren Sohn. Seit Walter aus Königsberg zurück ist, ist sie auffallend kühl zu ihm, sie fürchtet, daß er Hans-Heinrich aufreizt, und sie hat wohl recht mit ihrer Furcht. Ich wünschte innig, Gott ersparte ihr diese harte Prüfung, ich glaube aber, der Sohn erwählt den Beruf, den Vater und Bruder hatten.«

Pfarrer Flemming hatte recht gesehen. Immer größer wurde die Angst in dem Herzen der Gutsfrau, auch dieser letzte Sohn könnte einst von ihr gehen. Sie vermied es sogar ängstlich, das Gespräch auf den traurigen Krieg zu bringen, sie sprach nie von der Schlacht, die ihr den Gatten geraubt, von dem Sterbelager des Sohnes; jede Äußerung der Klage, des Schmerzes verschloß sie vor ihrem Jüngsten, in seiner Gegenwart kamen ihr sogar versöhnliche Worte von den Lippen. Nur manchmal, wenn sie mit den Freunden allein war oder bei ihrem Vetter weilte, dann brach all der leidenschaftliche, zurückgedrängte Schmerz und Groll sich Bahn, da lieh sie ihrer Empörung über die Lasten, die das Land schweigend tragen mußte, Worte. Franz von Seeheim sagte einst von ihr: »Wenn in jedes deutschen Mannes Herz so viel Haß gegen Napoleon, gegen die fremden Eindringlinge wohnte, wie in dem dieser Frau, dann wehe dir, Frankreich! Aber zu unserer Schmach sei es gesagt, die unten im Rheinland, im Süden fühlen nicht so wie wir.«

»Aber die Zahl derer, die eins mit uns sind, wächst, Freund!« erwiderte der Graf von Lehna, der diese Worte hörte, »gottlob, daß sie wächst!«

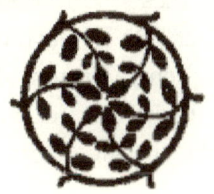

5. Kapitel.
Warum Magister Fürchtegott Richter an einem Wochentag die Schule schließt.

»Eine feste Burg ist unser Gott!« – So sangen die Kinder an einem kalten Dezembermorgen in der kleinen Kloningkener Schule. Es war dies eigentlich kein rechtes Weihnachtslied, aber der Magister, Fürchtegott Richter, war der Meinung, Luthers kräftig freies Lied sei in solchen Zeiten gut zu singen, es erhebe die Seele und stärke den Mut. Er ließ darum jeden Morgen mit diesem Liede die Schule beginnen, und auf seiner Geige strich er die Melodie dazu. Weil es aber in dieser Zeit manchmal recht kalt im Schulzimmer war, ließ er zur Erwärmung das Lied mitunter dreimal singen. An diesem Morgen aber waren die Kinder noch beim erstenmal, und trotz der Kälte tönten die jungen Stimmen gar hell auf die einsame Dorfstraße hinaus.

Mitten im Gesang klopfte es an das Fenster, und der Schmied, Franz Strobeck, sah durch die nur halb aufgetauten Scheiben in das Schulzimmer. Verdutzt staunten die Kinder den ungewohnten Besuch an, so etwas waren sie gar nicht gewöhnt. Doch der Schmied kümmerte sich nicht um das Staunen der Kinder, er schrie draußen: »Laßt die Kinder laufen und kommt zum Marotzki, was Ihr da hören werdet, ist besser als Singen und Buben klopfen, das zu hören tut not in solcher Zeit.« Als der Magister darauf das Fenster öffnete, raunte er ihm hastig einige Worte zu. Da geschah etwas, was die Kloningkener Mädchen und Buben in den Jahren, in denen Magister Ludwig Fürchtegott Richter seines Amtes waltete, noch nicht erlebt hatten, die Schule wurde geschlossen, nachdem sie kaum begonnen hatte. Der Magister aber eilte mit fliegenden Schritten in seinem dünnen, schwarzen Röcklein, die Fiedel unter dem Arm, auf den Hof Johann Maritzkis.

An jenem Morgen verließ noch mancher seine Arbeit und stand gleich dem Magister auf der Diele des Bauern, um zu hören, was der kleine, schmächtige Mann erzählte, der Jude Levin Moses, der von Rußland kam. Er erzählte von dem Leidenszug der großen Armee durch Rußland, von dem Brand von Moskau, von der Unordnung, in die das Heer geraten war. Von dem unglücklichen Übergang über die Beresina wußte er zu berichten, und wie Schnee und Kälte in den letzte Wochen noch Tausende von Opfern gefordert hatten. Er wußte viel, der kleine Mann, er hatte viel gehört auf seinen Handelswegen, viel mehr als in den Berichten stand, die über den Feldzug veröffentlicht wurden. Und atemlos lauschten ihm die Leute, ein Grauen überkam sie manchmal, wenn sie von dem ungeheuren Elend hörten. Sie dachten an die Scharen kräftiger, blühender Jünglinge und Männer, die im Sommer vorbeigezogen waren, alle voll Siegeshoffnung. Und manch einer murmelte: »Und so viele deutsche Landsleute waren unter ihnen, so viel deutsches Blut ist da unnütz vergossen worden.«

»Sie kehren zurück,« sagte der kleine Handelsmann, »aber sie kehren geschlagen heim, paßt auf, sie werden als Bettler kommen!«

»Wir nehmen sie nicht auf,« sagte der Schmied finster, »wir haben keinen Platz für französisches Gesindel. Denn das sind sie doch, mögen sie auch Deutsch reden.«

Auch im Herrenhaus saß der alte Moses im Zimmer der gnädigen Frau etliche Stunden, und er, der vor Verlegenheit sonst kaum ordentlich sprechen konnte, erzählte auch hier frank und frei was er wußte. Frau von Seeheim gab ihm reichlichen Botenlohn, er mußte ihr aber feierlich geloben, kein Wort von dem, was er wußte, dem Junker Hans-Heinrich und seinem Freunde Walter Flemming mitzuteilen. Das versprach er denn auch, und er verließ heimlich das Herrenhaus, und doch lief er gerade auf dem heimlichen

Weg dem Junker in die Arme.

»Kommt Ihr von Rußland, Moses?« schrie der.

»Nein,« sagte der Alte, »just daher komme ich augenblicks nicht. Ich hab's aber eilig, gnädiger, junger Herr, ich muß mich sputen heimzukommen!«

Da ließ ihn Hans-Heinrich gehen. Der Alte aber dachte wehmütig, »nun habe ich auf meine alten Tage noch geflunkert, wenn ich just auch gerade aus dem Schloß und nicht aus Rußland kam, so war's doch falsch, was ich gesagt habe.« Er seufzte schwer, denn er war ehrlich und die halbe Wahrheit bedrückte ihn.

Von jenem Tage an war es, als würde sacht ein leise glimmendes Feuer geschürt. Man sah die Glut, man fühlte sie, aber noch war es nicht an der Zeit, das glimmende Feuer zu lodernder Flamme anzublasen. Franz von Seeheim war in Königsberg gewesen und mit ernstem Gesicht dann von Gut zu Gut geritten, er war auch bei seiner Base Friederike und im Pfarrhaus gewesen, und am Abend hatte der Pfarrer im Kreise der Seinen zum Schluß des Gebetes gesagt: »Herr unser Gott, deine Mühlen mahlen langsam aber sicher!« Mit einem solchen Ausdruck hatte er es gesagt, daß selbst Luise kein lautes Wort mehr wagte. Ehrerbietig küßte sie der Eltern Hand, nahm dann den kleinen Bruder und brachte ihn sorglich, wie eine kleine Mutter, zu Bett. Fritzchen nutzte das ungewohnt stille Wesen der Schwester aus, er kletterte aus seinem Bett heraus und quartierte sich bei der Schwester ein, was diese stillschweigend geschehen ließ. In dieser Nacht träumte Luise Flemming, sie ritte mit einem glänzenden Helm auf dem Haupt an der Spitze von vielen Soldaten, da plötzlich kamen Feinde, einer schwang seinen Säbel neben ihr, eine entsetzliche Angst befiel sie, und bitterlich weinend fuhr sie aus dem Schlafe empor. Hell schien der Mond in ihr Stübchen. Sie sah den Bruder neben sich schlafen, und beruhigt zog sie ihr weiches Federbett

41

über das Näschen, und mit dem Gedanken an das nahe Weihnachtsfest schlief die kleine Heldin ein.

Weihnachten kam und verging. Es war ein stilles Fest, an dem eigentlich nur die Kleinsten rechte Freude hatten. Es gab überall nur eine kümmerliche Bescherung. Jungfer Karoline trug mit Renate und Luise selbstgebackene Pfefferkuchen, ein paar Äpfel und Nüsse in jedes Haus, das war alles was es zum Heiligen Christ gab. Freilich Weihnachtslieder wurden in jedem Haus gesungen, dafür hatte schon der Schulmeister gesorgt, daß die Kinder ordentlich singen konnten. So ertönten denn an dem stillen Winterabend die lieben Klänge in allen Häusern, das war feierlich und friedsam. In den Herzen der Erwachsenen aber sah es trotz Winterstille und Weihnachtssang nicht friedlich aus, eine bange Unruhe erfüllte die Menschen. Wie Gewitterschwüle lag es über dem Land. Jeder fühlte sie, und angstvoll lauschte man auf Nachricht, aber noch wußte niemand etwas Bestimmtes zu sagen. Man munkelte, es seien in vielen Grenzorten bereits Flüchtlinge aus Rußland eingetroffen. Aber die Nachrichten eilten nicht so schnell von Ort zu Ort. Dazu kam, daß in den Tagen vor Weihnachten wieder viel Schnee gefallen war und die Wege so verschneit lagen, daß jeder am liebsten daheim blieb. Endlich am neunundzwanzigsten Dezember brachte ein Bote die Nachricht nach Kloningken, Napoleon wäre aus Rußland zurückgekehrt, er sollte bereits in Paris eingetroffen sein. Die Armee aber sei vernichtet und ihre trostlosen Reste hätten schon teilweise die Grenze überschritten.

»Sie kommen,« jammerte manche furchtsame Seele weiter drinnen im Lande. Die Grenzbewohner jedoch hatten, nachdem sie die ersten Flüchtlinge gesehen hatten, keine Furcht mehr vor denen, die kamen. Die Not der Feinde nährte ihre Hoffnung auf Befreiung des Vaterlandes, und die Flamme unter der Asche zuckte und glühte. Kaum ein

Abend verging, an dem nicht die Männer des Ortes zusammenkamen und ernste Reden führten. Der Schmied, Franz Strobeck, erhielt trotz des Winters so viele Sensen zu schleifen, wie sonst kaum in den Sommertagen, er lachte dazu und wehrte jede Bezahlung ab.

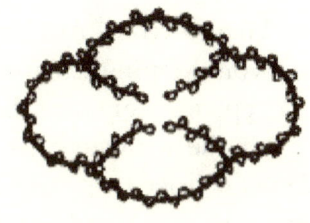

6. Kapitel.
Eine Neujahrsnacht.

So kam des Jahres Wende heran. Auf verschneiten Wegen wandelten die Leute von Kloningken um Mitternacht zur Silvesterandacht. Truppweise gingen die Bewohner der einzelnen Gehöfte, nur die Kleinsten der Kleinen und die Kranken blieben daheim. Jeder trug eine Laterne oder eine brennende Wachskerze in der Hand, und der kleine Fritz Flemming war glücklich, daß er auch mit einem brennenden Kerzlein zum Gottesdienste gehen durfte. In der Kirche stellte sich jeder sein Licht auf seinen Platz, und es war, als schaue Pfarrer Flemming auf lauter Sternlein herab, als er die Kanzel betrat und um Segen für das kommende Jahr bat. Die Gebete, die in dieser Nacht zum Himmel emporstiegen, waren so heiß und inbrünstig wie selten.

Draußen war es schneidend kalt. Die Sterne glitzerten an dem tiefdunkeln Himmel, der Schnee knirschte unter den Füßen und der Wind drang mit Messerschärfe durch die dicken Winterumhüllungen. Als die Leute die Kirche verließen, da dachte mancher voll Behagen an sein Heim, wenn es auch ärmlich war, so war es doch warm, war ein schützendes Dach. Vogt Schwarze sagte, als er die Hoftür verschloß: »Heut' ist's nicht gut sein auf der Landstraße. Was, Demoiselle Karoline, heute möchte Sie nicht draußen lustwandeln?«

Die Jungfer verwies ihm ärgerlich solche Reden. »So was ist nicht agreable zu hören, nach 'nem feierlichen Kirchgang, merk' Er sich das!«

Der alte Mann lachte, er ging noch einmal durch das Haus und durch die Ställe, dann erst legte er sich zur Ruhe.

Bald verlöschten alle Lichter im Hause, nur in dem

Zimmer der Hausfrau brannte noch eins, das hell in die kalte Winternacht hinausleuchtete. Wie ein glänzender Stern stand es in der Dunkelheit, so erschien es auch zwei Wanderern, die sich auf der verschneiten Straße mühsam fortschleppten. Der eine hing an des anderen Arm, er taumelte nur noch, seine Augen waren halb geschlossen, und mitunter sank er seufzend zusammen. Dann riß ihn sein Gefährte wieder empor, und sie wankten weiter.

»Voilà ein Licht, Kamerad!«

»Ein Licht!« Die Augen der beiden Wanderer öffneten sich weit. Sie wußten nicht mehr, wie lange sie gewandert waren durch den endlosen Wald, wußten nicht mehr, wo sie sich befanden. Hoffnungslos, stumpf, zum Tode erschöpft, kraftlos vor Hunger, so schleppten sie sich seit Tagen durch die eisige Winterkälte hindurch.

Ein Licht! Dort strahlte es hernieder, sah so friedlich in die kalte Nacht hinaus, und dies kleine Licht gab den beiden wieder etwas ihren Mut zurück. Sie strebten vorwärts, nahmen ihre letzte Kraft zusammen, immer die Augen angstvoll auf das Licht gerichtet, als könnte es verlöschen, ein Irrlicht sein, das sie genarrt hatte.

Vogt Schwarze war noch nicht eingeschlafen, als es draußen zaghaft an das Tor klopfte. Er richtete sich auf und lauschte, war es eine Täuschung gewesen?

Es klopfte noch einmal, lauter, dringender, und ein Ruf kam von draußen, den er nicht verstand. Er stand rasch auf und nahm die Laterne und Schlüssel, um zu sehen, wer Einlaß begehrte. Als er in die Halle trat, kam Frau von Seeheim die Treppe herunter, auch sie hatte das Klopfen vernommen und sie ging nun mit dem Vogt zusammen auf den Hof.

Und wieder klang das Klopfen und wieder war es von angstvollem Rufen begleitet. »Pitié«! – Frau Friederike blieb stehen, »Franzosen,« sagte sie, und die Züge ihres Gesichtes wurden hart. »Wer begehrt Einlaß?« rief sie laut.

»Wir seien malade, mon camarade und ick, helft o pitié!« klang es flehend von draußen herein.

Der Schlüssel in der Hand des Vogts zuckte, er sah fragend auf seine Herrin. Eine Weile zögerte diese, sie lauschte mit vorgebeugtem Kopf. Sie schien zu überlegen, minutenlang, während draußen die Bitte wieder erklang. Franzosen waren es, Feinde. Von denen welche, die ihr den Mann, den Sohn geraubt hatten.

Jäh richtete sie sich empor, nein, für die hatte sie kein Mitleid. Mit harter, heller Stimme, die bis zu den Wartenden hinausklang, rief sie: »Nein, in meinem Hause ist kein Platz für französisches Gesindel. Wir wollen hineingehen!«

Sie ging langsam über den Hof zurück und betrat das Haus. Schweigend, aber zögernd, sich immer wieder umschauend, folgte der Vogt seiner Herrin; ihnen nach klangen die jammernden Rufe.

Die Außenstehenden hatten sich an die Türpfosten geklammert, sie starrten angstvoll zu dem Hause empor. Half man ihnen, ließ man sie nicht hinein? Ach, dort drinnen war noch immer Licht, war es warm, vielleicht gab es dort Brot, ein Lager zum Ausruhen!

Minute um Minute verrann, der eine der beiden Wanderer rüttelte wieder und wieder an der Tür, während sein Gefährte kraftlos in den Schnee gesunken war. Aber plötzlich verlosch oben das Licht, und in ein schweigendes Dunkel gehüllt lag das Haus da.

Ein Schrei klang durch die Nacht, ein Schrei voller Jammer und Qual. Der eine der beiden Verirrten preßte seinen Kopf an die Mauer und schluchzte wie ein Kind. Er wollte noch einmal rufen, aber die Stimme versagte ihm und nur ein Stöhnen kam aus seiner Brust.

Gab es denn keine Hilfe? Verzweifelt irrten seine Augen

durch die Nacht, sie war ziemlich hell und er konnte sehen, daß weiterhin noch mehrere Häuser lagen, anscheinend war es ein größeres Dorf. Doch da, dort war es wieder, als schimmere ein Licht, oder war es eine Täuschung? Er sah fest darauf hin, die dunkle Masse dort war wohl ein Haus, und das Lichtlein blieb, es verlosch nicht. Er raffte noch einmal seine Kräfte zusammen und faßte seinen Gefährten unter den Arm.

»Mon camarade!«

Aber der murmelte nur müde: »Ach, laßt mich sterben!« Doch der andere ließ nicht nach, er zerrte und schob, und endlich kam sein Gefährte hoch, und nun taumelten beide dem letzten Hoffnungsstrahl in dieser eisigen Nacht zu.

»Ach, laßt mich sterben«

Pfarrer Flemming hatte noch lange, nachdem er aus der
Kirche zurückgekehrt war, mit seiner Frau
zusammengesessen, er hatte mit ihr über die Sorgen und
Hoffnungen des kommenden Jahres gesprochen. Plötzlich

hob der Pfarrer horchend das Haupt. »War es nicht wie ein Ruf, – hörtest du nichts, Charlotte?«

Auch die Frau lauschte, es war ihr als klänge ein Schrei durch die Nacht.

»Vielleicht ein Verirrter, der unser Licht gesehen hat,« sagte der Pfarrer, »ich will nachsehen, wer es ist und sehen, ob wir helfen können.« Er nahm eine kleine Laterne, seine Frau hüllte ihn sorglich in einen Mantel, sie selbst nahm ein Tuch um und sagte einfach: »Ich begleite dich!«

Der Mann nickte nur. Er schloß die Haustür auf und eine eisige Luft wehte ihnen entgegen. Eine Weile war alles still. Dann klang wieder ein Schrei durch die Stille, aber nur schwach, wie ein Todesröcheln. Die Eheleute gingen rasch dem Rufe nach, aber schon nach wenigen Schritten sahen sie am Gartenzaun, im Schnee, zwei dunkle Gestalten liegen. Der Zaun war für die schwachen Kräfte der Wanderer unüberwindlich gewesen, und die nahe Tür hatten sie nicht gefunden. Der Pfarrer beleuchtete sie, dann wandte er sich zu seiner Frau und sagte tiefernst: »Es scheinen französische Flüchtlinge zu sein.«

»Sie brauchen unsere Hilfe, wir wollen sie rasch in das Haus tragen,« sagte Frau Charlotte einfach.

Sie beugte sich nieder und bemühte sich, einen der beiden Männer vom Boden aufzuheben; ihr Gatte unterstützte sie, und ihren vereinten Kräften gelang es, die beiden Verirrten in das Haus zu bringen. Die Pfarrerin räumte, ohne sich lange zu besinnen, das eigene Schlafgemach ein. Im Zimmer sahen sie beide erst erschüttert, in welchem jammervollen Zustande ihre Schützlinge waren. Nur Lumpen bildeten ihre Kleidung, die Füße waren mit dicken Lappen umwickelt, und während Frau Charlotte am Herd stand und einen heißen Trank bereitete, verband der Pfarrer, der darin manche Erfahrung hatte, die Wunden der Flüchtlinge. Ein tiefes, gütiges Erbarmen lag in seinem Gesicht, als er auf die völlig vernachlässigten, vereiterten Wunden sah. Er dachte nicht, dies sind Feinde, er dachte nur daran, daß es Unglückliche waren, die seiner Hilfe bedurften.

Es war eine schwere, unruhige Nacht. Die Pfarrersleute fanden keinen Schlaf in ihr, aber auch Frau Friederike von Seeheim versuchte vergeblich, Ruhe zu finden. Sie wälzte sich auf ihrem Lager hin und her, die weichen Kissen dünkten ihr hart, die Nacht unerträglich lang, der Schlaf floh ihre Augen. Immer wieder sagte sie sich: »Ich tat recht, dem Feinde die Zuflucht zu verweigern, es war meine Pflicht, gegen mein Vaterland.«

Aber immer wieder meinte sie draußen eine flehende Stimme zu hören, die klagend um Erbarmen rief.

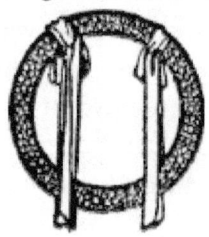

7. Kapitel.
Vater und Sohn.

Wie sonst, hielt auch Pfarrer Flemming am Neujahrsmorgen des Jahres 1813 die Andacht in der Kirche. Aber nicht wie sonst begleiteten ihn seine Frau und seine Kinder, nur Luise machte den Kirchweg an der Seite des Vaters. Frau Charlotte war bei den Kranken geblieben, die ihrer Hilfe bedurften, und Walter hatte gefehlt, er war nicht mit der Schwester zur Kirche gegangen und war auch, zu deren Verwunderung, nachher nicht erschienen, und so hatte Luise allein in dem alten Kirchenstuhl gesessen. Ihre lebhaften Augen blickten nicht wie sonst von einem zum andern, sie rutschte nicht auf ihrem Stuhl hin und her, etwas, was ihr schon so manchen Tadel der Mutter eingetragen hatte.

Sie saß ganz still, sie hatte so viel zu bedenken, daß sie sich immer wieder dabei ertappte, daß ihre Gedanken von der Predigt abirrten. Und doch sprach der gute Vater so schön, so ernst und eindringlich, trotzdem mußte sie immer an die beiden armen verirrten Franzosen denken, die in der Nacht in das Haus gekommen waren. Luise hatte trotz ihres Übermutes ein weiches, warm empfindendes Herzchen, das jetzt mit tiefem Mitleid erfüllt war. Sie dachte daran, wie es den Bruder erschüttert hatte, als ihnen heute früh die Eltern erzählten, was in der Nacht geschehen war, totenbleich hatte er das Zimmer verlassen, kein Wort hatte er gesprochen. Jetzt half er gewiß der Mutter bei der Pflege, hatte diese nicht allein lassen wollen. »Seinem Nächsten dienen ist auch ein Gottesdienst,« hatte der Vater gesagt; wie gut von dem Bruder, daß er nach diesem Worte handelte. Luise faßte den Plan, der Mutter auch fleißig zur Hand zu

51

gehen, sie wollte nicht mehr spielen, sondern helfen, und da kamen ihr wieder allerlei romantische Gedanken, was sie alles tun wollte. Jede Arbeit wollte sie der Mutter abnehmen, wie ein richtiger kleiner Engel der Barmherzigkeit wollte sie im Hause schalten und walten, und im Geiste hörte sie schon die Mutter sagen: »Ja, wenn wir unsere Luise nicht hätten, wie sollte es werden!« Dann würde auch Tante Friederike nicht mehr schelten, ganz erstaunt würde sie sein über den Fleiß der Nichte. Flugs kamen ihr ein paar Tränlein der Rührung über ihre eigene Vortrefflichkeit. Doch plötzlich intonierte die Gemeinde das Schlußlied, und der Gesang weckte sie aus ihrer Versunkenheit. Da fielen alle ihre Luftschlösser zusammen und recht beschämt, daß sie so wenig auf die Predigt geachtet hatte, ging sie an ihres Vaters Hand nach Hause.

Nach der Kirche hatte es die Pfarrersmagd dem Oberknecht vom Gute erzählt, daß ihr Herr Franzosen aufgenommen habe, der eine schrie ganz greulich, kein Wort wäre zu verstehen, sie fürchtete sich ordentlich. Bald verbreitete sich diese Kunde im Dorf und drang in das Herrenhaus. Dort hatten es die Dienstleute schon erfahren, daß in der Nacht Fremde an das Tor gepocht hatten. Jungfer Karoline, die munter geworden war, hatte es erzählt, daß sie vor Furcht sich das Deckbett über die Ohren gezogen, davon hatte sie freilich geschwiegen. Zuerst waren alle geneigt gewesen, ihre Herrin für hart zu halten, besonders, da der Vogt diese nicht, wie sonst, in den Schutz nahm, sondern schwieg. Friedrich, der Oberknecht, jedoch schimpfte auf das französische Gesindel, er ließ harte Worte gegen den Pfarrer fallen. Und weil er eine gewichtige Stimme hatte, redeten die andern bald wie er.

Frau Friederike war mit sich selbst unzufrieden. »Ich bin im Recht,« sagte sie sich, und um die mahnende Stimme ihres Gewissens zu übertönen, sprach sie herbe zu Jungfer

Karoline darüber, daß es Sünde sei, wenn ein Deutscher Franzosen in sein Haus aufnehme. Das Wort reute sie rasch, aber es war gesprochen, und es ging weiter durch das Dorf. Manch einer zögerte freilich noch, den Pfarrer zu verurteilen. Die Frauen dachten milde und rühmten die Pfarrersleute ob ihrer Tat. Als Stasiu Wietak, der Stellmacher, der einen heimlichen Groll auf den Pfarrer hatte, so wie ihn falsche Menschen manchmal gegen jene haben, die die Lauterkeit selbst sind, höhnisch über die Flüchtlinge im Pfarrhaus spottete, da verwiesen ihm etliche seine Reden. Am Abend aber kamen die Männer bei dem Schmied zusammen, und die redeten miteinander von der Schmach des Landes. Stasiu Wietak war auch dabei, und er war freigebig an diesem Abend und verschenkte Kirschwasser, er hatte eine große Flasche voll mitgebracht. Das ungewohnte Getränk machte die Köpfe heiß, und der Stellmacher wußte geschickt das Feuer zu schüren; da vergaßen die Leute in dieser Stunde alle die treue Sorge, die Pfarrer Flemming seiner Gemeinde erwiesen hatte, und mit wilden Reden schalten sie auf den Geistlichen. Magister Richter versuchte bescheiden, die Tat des Pfarrers als eine gute hinzustellen, aber verächtlich drehte man ihm den Rücken; ja, Stasiu Wietak rief lachend: »Schweigt, Schulmeister, davon versteht Ihr nichts.« Die Männer nahmen ihren Zorn mit heim und hielten den Frauen, die mitleidig dachten und verteidigen wollten, die Tat der gnädigen Frau als Beispiel vor.

Während es so im Dorfe gärte, saß Pfarrer Flemming in seinem Hause und sorgte mit seiner Frau treulich für das Wohl der Kranken. Er wußte noch nichts von der erbitterten Stimmung seiner Gemeinde gegen ihn, aber eine bange Ahnung davon hatte sich seiner bemächtigt. Die Eheleute sprachen nicht darüber, aber wenn sie sich ansahen, da lag in beider Augen tiefes Weh. Sie wußten, sie hatten sich eine schwere Last auf die Schultern gebürdet, sie fühlten, sie würden um ihrer Tat willen von vielen verdammt werden, ach, und der, der ihnen diese Erkenntnis gebracht hatte, war ihr eigener Sohn gewesen. Ihr eigenes Kind hatte zum erstenmal die Ehrfurcht vor seinen Eltern vergessen, der Knabe hatte seinem Vater einen Vorwurf daraus gemacht, daß er die Feinde in sein Haus aufgenommen, trotzig, mit gefalteter Stirn, mit zornsprühenden Augen, hatte er vor seinen Eltern gestanden und weder die ernste Mahnung des Vaters, noch die sanfte Bitte der Mutter hatten vermocht, ihn von seinem Unrecht zu überzeugen.

»So geh denn in deine Kammer,« hatte der Vater endlich gesagt, »und vielleicht kommt dir in der Einsamkeit die Erkenntnis deines Unrechtes.«

Nun saß der Knabe oben in der kleinen Mansardenstube und starrte auf die weißen, glitzernden Eisblumen am Fenster. Er hatte ein Buch in der Hand, ein Buch, das ihm Frau von Seeheim geschenkt, und an dem sich seine feurige Knabenseele berauschte, »Wilhelm Tell von Friedrich von Schiller«.

»Wir wollen sein ein einig Volk von Brüdern,« über diese Worte kam er nicht hinweg. Er legte den Kopf auf das Fensterbrett und finstere, unklare Gedanken bewegten seine junge Seele. Ihm war es, als sei plötzlich ein schönes Bildwerk, zu dem er in ehrfurchtsvoller, frommer Bewunderung aufgeschaut hatte, zertrümmert worden. Seine Eltern hatten Feinde in ihr Haus aufgenommen, und sie hatten dadurch in seinen Augen Verrat an dem Vaterland geübt. Er dachte gar nicht darüber nach, was aus den beiden Unglücklichen in der kalten Winternacht hätte werden sollen, alle Worte von Nächstenliebe und Pflicht gegen die Mitmenschen hatte er vergessen. Er redete sich selbst immer tiefer in einen wilden Trotz hinein und kam sich in der kalten Kammer zuletzt fast wie ein Märtyrer einer guten Sache vor. Daß sacht die Dämmerung heraufgekommen war, merkte er gar nicht in seinem Sinnen.

Plötzlich schrak er zusammen, an das Fenster war Schnee geworfen worden, und ein leises Pfeifen klang von unten herauf. Walter sprang auf und öffnete das Fenster, das fest gefroren war und nur schwer nachgab, endlich ging es kreischend auf und Walter sah hinab. Dort unten aus dem Schatten der Bäume heraus löste sich eine Gestalt, und er erkannte Hans-Heinrich, der dort stand und ihm winkte.

Walter erkennt Hans-Heinrich

56

Walter sann nach, durch das Haus wagte er nicht zu gehen, er befürchtete, dem Vater zu begegnen oder von der Mutter gesehen zu werden. Das Weinspalier reichte nicht ganz bis zum Fenster, aber immerhin war es für ihn nicht allzu schwer, es zu erreichen, kurz entschlossen stieg er auf das Fensterbrett, und mit einem geschickten Sprung erfaßte er richtig das Spalier und kletterte nun an ihm herab; bald stand er neben dem Freunde, der ihm etwas verlegen die Hand reichte. »Komm hinter in euren Holzstall,« sagte der, »ich muß dich sprechen.«

Die Knaben gingen in den schon dunkeln Schuppen, und dort erzählte Hans-Heinrich, wie böse seine Mutter sei, und daß auch die Leute im Dorfe dem Pfarrer zürnten. »Ich denke, dein Vater hat recht getan, Walter, er hat doch nur ein paar arme Menschen aufgenommen, und das ist doch eigentlich seine Pflicht. Ich ginge am liebsten hinein, um die beiden zu besuchen, aber –« er stockte, »Mutter hat es mir verboten, ich sollte – sie mochte nicht, daß ich heute kommen sollte.« Scheu sah er den Freund an und drückte mit unbeholfener Zärtlichkeit dessen Hand, »grüße deine Eltern und Luise,« bat er.

Walter stand und biß die Lippen zusammen, er hörte gar nicht auf des Freundes letzte Worte, die Glut der Scham brannte in seinen Wangen, der Sohn schämte sich seines Vaters. Verachtet von den Leuten war er nun, der so hochverehrte Vater, ein Schützer, ein Freund der Franzosen war er geworden. Das mußte ihm geschehen, der sein Vaterland so glühend liebte.

»Leb' wohl,« sagte er rauh. Er wandte sich hastig ab, selbst der Freund brauchte nicht zu sehen wie sehr er litt. Niedergeschlagen schlich er sich wieder auf demselben mühsamen Weg, auf dem er gekommen war, in seine Kammer zurück.

Diesen Abend erschien Walter nicht mehr unten im

Familienzimmer. Als Frau Charlotte mit schwerem Herzen zu dem Sohne kam, um zu versuchen, ob es ihren milden Worten gelingen würde, ihn zur Einsicht und Abbitte zu bewegen, da fand sie ihn, anscheinend im festen Schlaf, angekleidet auf seinem Bette liegen. Sie deckte ihn sorgsam zu und strich dann mit sanfter Hand über sein dunkles Haar, und ein heißes Gebet stieg aus ihrem Herzen empor, daß Gott den Sinn des Knaben lenken möge. Dann ging sie hinaus, und sie hörte nicht mehr das Aufschluchzen Walters. Dieser sprang auf und eilte zur Tür, er wollte diese aufreißen und der Mutter nacheilen, aber sein Trotz hielt ihn zurück, die Hand sank von der Klinke herab, die Schritte der Mutter verhallten, er war wieder allein und warf sich bitterlich weinend auf sein Lager.

Es war eine traurige Nacht im Pfarrhause.

Die Nacht, die kam, war nicht minder schwer als die vorhergehende für die Pfarrersleute. Sie wachten beide bei den Kranken. Luise hatte zwar flehentlich gebeten, sie pflegen zu lassen, aber Frau Charlotte hatte doch kein rechtes Zutrauen zu des kleinen Irrwischs Pflegekünsten. Luise ahnte aber nicht, wie trostreich ihre Hilfsbereitschaft, ihre zärtliche Liebe den Eltern war. Sie nahm Walters Trotzen nicht allzu schwer, und sie ahnte nicht, wie unsäglich die gütigen Eltern darunter litten. Zur Hand bleiben wollte sie jedoch der Mutter, auf dem harten, steifen Sofa der Wohnstube schlug sie ihr Lager auf, und dann schlief sie nach fünf Minuten wie ein Murmeltier und merkte nichts von aller Sorge und Unruhe, die die Kranken verursachten.

Der jüngere der beiden Flüchtlinge lag noch immer von jenem bleischweren Schlaf umfangen, in den er nach seiner Ankunft verfallen war, der ältere dagegen redete in wirren Fieberphantasien, er war anscheinend Franzose, er mischte aber viele deutsche Brocken in seine Reden. Frau Charlotte, die der französischen Sprache mächtig war, lauschte oft schaudernd den furchtbaren Bildern, die die Fieberträume des Kranken ihr enthüllten. Besorgt schritt sie ab und zu und legte immer wieder im Schnee gekühlte Tücher auf die heiße Stirn des Kranken. »Das Feuer brennt so hell,« schrie dieser, und »fort, fort, seht ihr nicht, alles steht in Flammen, kein Wasser – ach, ich verdurste!« Dann wieder flüsterte er geheimnisvoll: »Seht, da sind Tote, da – da – immer mehr, alle, – alle tot. Kamerad, komm doch, vorwärts, sieh, ein Licht.«

Gegen Morgen erwachte der Jüngere aus seinem Schlaf. Er sah sich erstaunt um in dem schlichten, sauberen Zimmer, wo war er nur? Da erblickte er Frau Charlotte. »Mutter,« flüsterte er wie träumend, »Mutter!« Erschüttert trat die Frau an sein Lager. »Ich bin nicht Ihre Mutter,« sagte sie sanft, »aber,« beruhigte sie, als sie den verstörten Ausdruck seiner Züge gewahrte, »Sie sind in guter Pflege, fürchten Sie nichts!«

Der Kranke bedeckte die Augen mit der Hand und stöhnte, »wo bin ich, ach, Madame sprechen Deutsch.«

»Sie sind auch in Deutschland, nicht mehr in Rußland.«

»Rußland!« Erschrocken fuhr er empor. »Mein Gott, was habe ich gesehen!« Er wandte den Kopf und sah auf seinen Kameraden, der gerade still lag und mit stieren, glänzenden Augen in die Weite sah. »Gréville!« rief er, »mon capitaine!« Aber der hörte ihn nicht, seine Lippen redeten schon wieder im Fieber, angstvoll schrie er auf und fuhr von seinem Lager empor, um dann mit einem Schmerzenslaut wimmernd zusammenzusinken. Der andere seufzte tief, er schaute seine Pflegerin an und wollte sprechen, erzählen. Doch sanft verwehrte es ihm die Frau. »Später, wenn Sie gesund sind, jetzt müssen Sie ruhen,« sagte sie gütig. Da schloß der Kranke wieder seine Augen. Der Ausdruck friedlicher Ruhe breitete sich über seine Züge. »Nicht in Rußland,« murmelte er, »gottlob, nicht mehr in Rußland.«

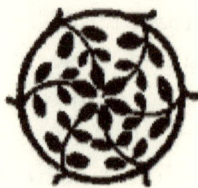

8. Kapitel.
Freunde werden zu Feinden und Feinde zu Freunden!

Der schweren Nacht folgte ein grauer, trüber Morgen, an dem die Schneewolken fast bis auf die Dächer der Häuser herabhingen. An diesem Morgen sprach Pfarrer Flemming mit seinem Sohne, er versuchte es vergebens, von diesem Verständnis für seine Handlung zu erlangen. Der Knabe stand trotzig vor ihm, und er sagte dem Vater, was er von Hans-Heinrich erfahren hatte. Er sah wohl den Schmerz in den Zügen des geliebten Vaters, er sah diesen leiden, wie gern hätte er, wie sonst, die teure Hand geküßt, aber hatte diese Hand nicht den Feinden die Tür geöffnet – in verstocktem Schweigen wandte er sich ab.

Und als er wieder draußen stand, da wäre er am liebsten umgekehrt und hätte sich an des Vaters Brust geworfen, denn immer lauter wurde die Stimme in ihm, die rief: »Dein Vater handelte, wie er handeln mußte.«

Auf der Treppe begegnete er Luise. Die blieb stehen und sagte bittend: »Walter, sag' doch den Eltern ein gutes Wort! Schäme dich doch, wie kannst du so sein!«

In neu erwachtem Trotz rief er heftig: »Sei still, Mädchen verstehen solche Sachen nicht!«

Doch Luise ließ sich nicht einschüchtern. »Gerade verstehe ich es,« sagte sie ein bißchen hochmütig. »Ich verstehe, daß man Menschen nicht einfach draußen im Frost umkommen läßt, und ich verstehe, daß unsere Eltern die allerbesten, allergütigsten Menschen auf der Welt sind, und daß du – du – ein – dummer Junge bist.« Weg war Luise, und Walter stand allein mit seinem Zorn, seiner Empörung und der immer lauter mahnenden Stimme in seiner Brust.

Luise ging etwas niedergeschlagen zu ihrer Mutter, da war ihr nun mal wieder die Zunge ausgerutscht, und sie hatte es doch gerade gut machen wollen, hatte Friedensengel sein wollen, ach, es war doch recht schwer, immer bedacht und richtig zu handeln!

Gegen Mittag ging Pfarrer Flemming in das Herrenhaus. Frau von Seeheim hatte am Morgen geschickt und die Stunden der Kinder absagen lassen, kein Wort hatte sie hinzugefügt, keinen Gruß gesandt. Als der Geistliche auf den Hof kam, waren die Grüße, die die Leute ihm zollten, kurz, fast verlegen, die Ehrerbietung, die man ihm sonst entgegengebracht hatte, fehlte. Im Flur traf er Renate, die küßte wie sonst seine Hand, aber als er nach Frau von Seeheim fragte, stieg tiefes Rot in das zarte Gesicht des Mädchens, und sie senkte wie schuldbewußt das Köpfchen, als sie dem geliebten Lehrer antwortete: »Frau Tante ist nicht zu sprechen!«

Zurückgewiesen! An der Schwelle des Hauses, in das er so oft als Freund gekommen war, als Tröster in schweren Stunden, da der Tod darinnen weilte, und nun? Sein Herz krampfte sich in Bitterkeit zusammen, ein herbes Wort schwebte ihm auf den Lippen, er rang mit sich, aber es gelang ihm, sich zu beherrschen. Stolz richtete er sich auf, »so grüße deine Tante, mein Kind,« sagte er, »und behüte dich Gott!« Seine Stimme zitterte ein wenig, einige Augenblicke ruhte seine Hand auf Renates Haupt, dann schritt er ruhig, hochaufgerichtet aus dem Hause, kein Gedemütigter, ein Sieger.

In ihrem Zimmer ging indessen Frau Friederike rastlos auf und nieder. Sie hörte die Stimme des Pfarrers, sie hörte seinen verhallenden Schritt, und sie schämte sich ihres Tuns. Wie klein, wie feige war sie doch gewesen, weil im innersten Herzen ihre harte Tat, ihre vorschnellen Worte sie reuten, hatte sie es nicht gewagt, dem Manne in die Augen zu sehen. Nun ging er, und in dieser Stunde empfand die Frau erst, wie groß die Freundschaft gewesen war, die der Pfarrer und seine Frau ihr dargebracht hatten. Alle die Stunden wurden in ihr lebendig, in denen sie an den beiden gütigen Menschen einen Halt gehabt hatte. Tag und Nacht war die Freundin in allen schweren Stunden bei ihr geblieben, und der Pfarrer war es gewesen, der ihren sterbenden Sohn heimgeleitet hatte. Dennoch fand sie den Weg in das Pfarrhaus nicht, ein falscher Stolz hielt sie zurück, dem Zuge ihres Herzens zu folgen.

Es war ein Leidensweg, den Pfarrer Flemming an diesem Morgen unternahm. Nur finstere, scheue Blicke trafen ihn, kein Händedruck, kein zutrauliches, freundliches Wort wie sonst, nur kurze, mürrische Grüße wurden ihm zuteil. Die Kinder freilich, die kamen und begrüßten ihn so fröhlich wie immer, und niemand verwehrte es ihnen. Und die alte Frau Ragnit, die seit Jahr und Tag ihr Bett nicht mehr verlassen konnte, freute sich auch wie sonst über den Besuch des Pfarrers. Der saß eine Weile bei ihr, sprach freundlich mit ihr von vergangenen Tagen, und als er ging, sagte die alte Frau schlicht: »Herr Pfarrer, rechte Liebe und rechtes Vertrauen kann mal ein bißchen getrübt werden, vergehen tut's aber nicht.«

Der Pfarrer schüttelte ihr die Hand, das gute Wort tat ihm wohl. Draußen traf er dann den Stellmacher Stasiu Wietak, der begrüßte ihn voll Demut, während ein Lachen auf seinem Gesicht lag. Dieser Gruß tat dem Pfarrer weh, denn er wußte, es war nur Schadenfreude. In schmerzliches Sinnen verloren ging er weiter, ging auf der Landstraße hin dem nahen Walde zu.

Zwanzig Jahre hatte er in Kloningken gewirkt, zwanzig Jahre in frohen Stunden und in sorgenvollen Tagen in gleicher Freudigkeit und Treue seinen Beruf erfüllt, und nun vermochte eine einzige Handlung, zu der ihn seine Christenpflicht gedrängt hatte, dieses Band zu zerreißen. Der bitterste Tropfen in diesem Kelch aber war doch, daß der eigene Sohn sein Tun nicht verstand.

Als Pfarrer Flemming wieder die Schwelle seines Hauses überschritt, da stand Luise mit dem kleinen Fritz an der Tür, und mit einem Jubelruf eilten beide dem Heimkehrenden entgegen. Frau Charlotte, die wohl ahnte, daß es ein schwerer Gang sein würde, den ihr Mann gegangen war, hatte zu Luise gesagt, sie solle dem Vater entgegengehen.

Diese nahm den kleinen Bruder zur Hand und sagte, die Mutter verstehend: »Komm, Fritzchen, wir wollen Vater empfangen und ihn recht, recht lieb haben, wenn er heimkommt!«

Aufatmend schloß der Pfarrer seine Kinder in die Arme, und Hand in Hand ging er mit ihnen in das Haus, wo die Mutter sie schon erwartete.

»Charlotte, mein treues Weib,« rief er mit bewegter Stimme, »in dieser Stunde bin ich arm geworden, und doch, welchen Reichtum hat mein Heiland mir gelassen!« Mit klaren Augen trat er dann an die Betten der Kranken, liebevoll verband er frisch ihre Wunden, die sollten es nie fühlen, was er um ihretwillen zu leiden hatte.

Die Tage gingen. Im Pfarrhaus schlichen sie trübe dahin; die beiden Kranken lagen noch immer schwer danieder und der ältere von beiden wurde von Tag zu Tag schwächer. Einen Arzt zu erlangen war nicht möglich gewesen, die Wege waren verschneit und der alte Wundarzt im nahen Städtchen unternahm nicht mehr solche beschwerlichen Fahrten. Der Pfarrer mußte daher allein, so gut er konnte, die Behandlung führen. Der jüngere Kranke war zwar unendlich schwach, aber seine Wunden begannen zu heilen und sein Geist war klar. Einmal, als der Geistliche an sein Bett trat, sah er ihn lange forschend an und sagte dann mit

64

matter Stimme:

»Haben wir uns nicht schon gesehen?«

Prüfend blickte der Pfarrer in das junge abgezehrte Gesicht; wo war er nur diesem Mann schon begegnet?

Da sagte der junge Mann leise: »Im Sommer, als wir nach Rußland zogen, kamen wir in ein Gutshaus, da waren Kinder, mit denen ich sprechen wollte, ein schwarzlockiger Knabe antwortete mir so trotzig und mutig, ich habe die Szene nicht vergessen.«

»Mein Sohn war es und drüben im Herrenhaus geschah es, jetzt erinnere ich mich.« Er sah erschüttert auf den Kranken nieder, dieser elende, sieche Mensch war jener stattliche, blühende Offizier. »Sie haben schwere Tage hinter sich,« sprach er mitleidig.

»Schwer, nein, grauenvoll, furchtbar, o mein Gott, was habe ich gesehen und was gelitten,« rief der junge Offizier. »Wenn jener nicht gewesen wäre,« er deutete auf seinen Nachbar, »ich läge heute auch erfroren auf Rußlands Eisfeldern, dieser aber war ein guter Kamerad, er half mir vorwärts, er war zäher als ich.« Und halblaut, in schmerzlichem Erinnern sprach er weiter:

»Frierend, hungernd, so sind wir die Straße heimwärts gezogen, wir brauchten keinen Wegweiser, die Leichen unserer Kameraden, die niedergebrannten Dörfer zeigten uns den Weg. Als wir auszogen, waren wir eine große glänzende Armee, und zurückgekehrt sind wir als ein Häuflein elender, zerlumpter, verzweifelter Menschen. Keine Ordnung und Zucht herrschte mehr, wer sich zusammenfand, der ging zusammen, keiner wußte, wo sein Regiment war, wer noch davon lebte. Wir waren sechzig, die wir uns so zusammengefunden hatten, als wir über das Schlachtfeld von Smolensk zogen, vor Wilna waren wir noch zwölf, kaum wußten wir, wo die andern geblieben waren. Manchmal sah man einen Kameraden taumeln, niederfallen, und gleichgültig trotteten wir weiter, helfen konnten wir nicht, so zogen wir müde und stumpf unseres Weges. Manchmal lagerten wir uns am Abend, wenn wir das Glück hatten, Holz zu finden, um uns ein Feuer zu machen, und wenn wir beim Tagesgrauen aufstanden, da lagen wohl etliche Kameraden erfroren da.« Er schöpfte einige Minuten Atem und starrte finster vor sich hin, dann fuhr er leise, müde fort:

»Zuletzt verloren Kapitän Gréville und ich die Richtung, ein furchtbares Schneegestöber trieb unser Häuflein auseinander, wir wanderten weiter und weiter, es war ein anderer Weg. Anfangs mieden wir noch die Dörfer, die wir liegen sahen, denn wir wußten, die Russen marterten die unseren erbarmungslos zu Tode. Zuletzt verloren wir in einem Walde den Weg vollständig, wir irrten planlos umher, es dämmerte schon, als wir einen Weg darin fanden, und an diesem – einen Wegweiser. Wir lasen deutsche Namen, und wir haben geweint wie Kinder vor Freude, unser Mut hob sich, und wir wanderten weiter, wie lange, ich weiß es nicht mehr. Ich war so erschöpft, daß ich nur noch taumelte, da sahen wir ein Licht, ich hörte Stimmen, und da verlosch das Licht wieder, ein anderes tauchte auf, dann verlor ich das Bewußtsein – als ich erwachte, war ich hier.«

Der Kranke sank erschöpft zurück, und ein Blick unendlicher Dankbarkeit traf den Pfarrer. »Hier ist es gut, ach so warm und still!« Als Frau Charlotte an sein Bett trat, faßte er nach ihrer Hand. »Ich habe daheim eine Mutter,« sagte er leise, »sie blieb in Trauer zurück, als ich fortzog, aber ich mußte ja mit, ich ein Deutscher,« und heiß rollten ihm die Tränen über die Wangen. Da schrie sein Nachbar auf: »Les Cosaques, les Cosaques!« und leiser, »mon camarade, frierst du?«

»Mein bester Freund, mein Retter war ein Franzose,« sagte der junge Offizier, die fieberheiße Hand des anderen in die seine nehmend.

Tag um Tag verging. Im Pfarrhaus war es viel stiller als
sonst, denn von den Dorfbewohnern kam niemand, um sich
dort Rat oder Hilfe zu erbitten. Der Pfarrer selbst ging, wie
er es immer getan hatte, auch jetzt täglich zu einigen
Kranken, die hießen ihn willkommen, an ihren Betten
merkte er nichts von dem Groll, den man gegen ihn hegte.
Freilich, wenn er durch die Dorfstraße ging, fühlte er, wie
groß die Kluft geworden war, die ihn von seiner Gemeinde
trennte.

Auch im Herrenhaus war es stiller als sonst. Frau
Friederike ging stumm und finster einher, sie sprach nie von
den Bewohnern des Pfarrhauses. Renate war bedrückt, und
oft verrieten ihre roten Augenlider, daß sie geweint hatte.
Hans-Heinrich aber zog es nach dem Pfarrhaus, und doch
wollte er seine Mutter nicht kränken, die zwiespältige
Stimmung machte auch ihn still und scheu, er blieb am
liebsten allein auf seinem Zimmer. Seine Mutter empfand
schmerzlich diesen Zwiespalt, und sie hatte doch nicht den
Mut, offen ihre Schuld einzugestehen.

In diese trübe Stille hinein kam eines Tages der Freiherr
Franz von Seeheim und brachte eine Kunde, die die Herzen
höher schlagen ließ. General von York hatte am 30.
Dezember mit den Russen einen Vertrag zu Tauroggen
geschlossen, hieß der König ihn gut, so war er einer
Kriegserklärung an Napoleon gleich. Kein Jubel wurde laut,
aber wie ein Aufatmen ging es durch das preußische Land.
Vom Herrenhaus zu Kloningken aus verbreitete sich die
Kunde rasch im Dorfe, es war am Freitag in der
Dämmerung, als Vogt Schwarze sie von Haus zu Haus trug,
und bald standen die Leute zusammen und redeten von der
kommenden Zeit.

Herr von Seeheim erfuhr auch von seiner Base die Tat des
Pfarrers, »er hat recht gehandelt,« sagte er ruhig. Frau

67

Friederike fuhr auf. »Du verteidigst also auch diese vaterlandslose Tat?« rief sie, und eine leise Angst klang in ihrer Stimme.

»Zwei verirrte, halbtote Flüchtlinge aufnehmen, ist Christenpflicht und keine vaterlandslose Tat; kannst den Pfarrer grüßen und ihm sagen, er hätte recht getan, liebste Base. Und nun gehab dich wohl, ich muß fort, so gern ich noch im Pfarrhause vorspräche und mir die Flüchtlinge anschaute,« sagte der Freiherr gelassen, dann ritt er davon. Hätte er geahnt, wie tief die Erbitterung gegen den Geistlichen war, er hätte sicher noch trotz aller Eile den Umweg gemacht und dem Flemmingschen Ehepaar einen Besuch abgestattet.

Im Dorf Kloningken aber wurde es lebhaft besprochen, daß auch der Freiherr von Seeheim diesmal nicht wie sonst im Pfarrhaus eingekehrt war. Man fand nur die Erklärung, daß auch der Schönheider Herr die Tat des Pfarrers verurteilte, und immer tiefer wurde die Erbitterung gegen diesen im Dorf. Als am Abend die Männer versammelt waren, da drängte sich Stasiu Wietak vor und rief:

»Seid ihr Männer, und duldet es, daß hergelaufenes französisches Gesindel Aufnahme im Dorf findet, wir brauchen es nicht zu dulden; wir haben das Recht, den Pfarrer zur Rede zu stellen. Laßt euch nicht von euern Weibern bereden, daß es eine gute Tat ist, Sünde ist es, sage ich. Seht die gnädige Frau, unsere Wohltäterin, an, sie ist auf unserer Seite, und der Schönheider Herr auch.«

»So mag die gnädige Frau sprechen,« sagte Franz Strobeck bedächtig, und einige Gutgesinnte stimmten ihm zu.

»Nein, einer von uns muß es sein, einer mag am Sonntag nach der Predigt aufstehen und Rechenschaft fordern. Dem Pfaffen muß es eingetränkt werden,« schrie Stasiu Wietak erbost.

Die andern schwiegen. Einzelne Stimmen wurden laut, die für den Pfarrer sprachen. Michael Ragnit schlug vor, zwei sollten in die Pfarrei gehen und mit dem Geistlichen sprechen, »er war immer gut und unser Freund,« ermahnte der Bauer.

Der Stellmacher aber erhob wieder seine Stimme; er sprach so lange und eindringlich, bis es ihm gelang, daß man ihn zum Sprecher wählte. Aber erst sollte er am nächsten Morgen im Herrenhaus fragen, ob die gnädige Frau einverstanden sei. Das versprach er, und er ging am nächsten Morgen wirklich hin und brachte die Einwilligung Frau von Seeheims. Daß er damit eine Lüge gesagt hatte, das erfuhren die Bauern erst, als der Sonntag längst vorbei war.

9. Kapitel.
Demoiselle Karoline sieht einen Geist.

Am gleichen Tage saß Renate in ihrem Zimmerchen. Das war so einfach, daß manches adlige Fräulein von heute wohl verwundert dreinschauen möchte, wenn man ihr zumutete, das Zimmer als das ihre zu betrachten. Das blütenweis überzogene Bett, ein einfacher Tisch, ein Stuhl und eine große buntgemalte Truhe bildeten die Einrichtung. Über dem Bett hingen in schmalem Goldrahmen zwei auf Elfenbein gemalte Bildchen, die Renates Eltern darstellten, darüber ein zierlich in bunten Farben ausgeführter, durch allerlei Blumen und Schnörkel verzierter Spruch: »Sei getreu bis in den Tod.« Dies Blatt stammte von ihrer Mutter, die noch kurz vor ihrem Tode die mühsame Arbeit vollendet hatte, sie bildete nun der Tochter größten Schatz.

Renate saß still, die Hände gefaltet, und sah durch das Fenster. Weit und weiß dehnte sich die Landschaft vor ihren Blicken aus, und der Wald, der sich rechts vom Gute hinzog, wirkte wie eine schwere, dunkle Wolke in der Ferne. Düster hoben sich die Häuser des Dorfes und die Wirtschaftsgebäude aus dem weißen Schneebett heraus, ein rötlicher Feuerschein schwebte über dem einen, dort war die Schmiede, und manchmal klangen die Schläge, die Franz Strobeck auf dem Amboß führte, bis zu dem einsamen Mädchen hin. Renate hörte nicht darauf. Ihre Gedanken gingen immer wieder schmerzlich und sehnsuchtsvoll den Weg vom Herrenhaus zum Pfarrhaus. Am Morgen hatte sie versucht, die Tante mit freundlichem Wort umzustimmen, und von ihr die Erlaubnis zu einem Besuch im Pfarrhaus zu erhalten, aber ihre Bitte war vergebens gewesen. Frau von Seeheim verharrte in ihrem Groll. Sie schämte sich, ihr

Unrecht einzugestehen, schämte sich, den treuen Freunden die Hand zu reichen und zu sagen: »Ihr tatet recht, ich war ungerecht und hart.«

Renate litt schwer unter dieser Entfremdung. Sie fühlte das Unrecht und konnte es doch nicht hindern. Ihr Herz hing an den Bewohnern des Pfarrhauses, Frau Charlotte war ihr mehr eine Mutter als die Tante. Und sie sehnte sich nach allen da in dem schlichten, weißen Haus. Und durch nichts konnte sie ihre Liebe, ihre Treue beweisen, durch nichts ihnen in diesen schweren Tagen eine Freude bereiten. »Wäre ich wie Luise mit ihren Einfällen, ich hätte sicher schon einen Weg gefunden, dieses zu tun,« dachte sie. Aber ungehorsam gegen die Befehle ihrer Tante zu sein, wagte sie nicht. Sie war auf ihren Gängen nach dem Dorf freilich schon mehrere Male dicht am Pfarrhaus vorbeigehuscht, mit der leisen Hoffnung, jemand zu sehen. Einmal hatte sie sogar ein Weilchen still am Gartenzaun gestanden, aber sie hatte niemand von den Bewohnern des Hauses erblickt.

Die Sonne war längst untergegangen und die langen Schatten des Abends sanken herab. Hier und da blitzte ein Licht auf, das unten im Dorfe angezündet wurde, auch Renate nahm einen langen Span und kniete vor dem kleinen eisernen Gestell nieder, auf dem ein eiserner Topf, mit glühendem Torf gefüllt, stand, als Ersatz eines Ofens. Der Span flackerte hell auf, und rasch entzündete sie ein kleines Öllämpchen. Plötzlich wurde leise, vorsichtig die Tür geöffnet und eine dunkle, verhüllte Gestalt glitt hinein. Renate sprang erschrocken auf, aber schon belehrte ein leises Kichern sie, daß es ein ungefährlicher Eindringling war, und Luises lachendes, rosiges Gesichtchen sah ihr aus der Umhüllung entgegen. »Ich mußte warten, bis es dunkel ist, die Frau Tante sollte mich nicht sehen, weil sie so böse ist,« sagte sie wie zur Entschuldigung, und dann fiel sie der Freundin um den Hals, und unter hervorbrechenden

Tränen stammelte sie: »Ach, es ist schrecklich, Renate!«

Diese strich ihr sanft das wirre Haar aus der Stirn. »Liebe kleine Luise, wie bist du denn hereingekommen?«

In dem beweglichen Gesichtchen der Kleinen kämpfte schon das Lachen mit den Tränen, und sie sprudelte hervor: »Wie ein Räuber bin ich eingeschlichen, weißt du, hinten an dem Gartenzaun bei dem Freundschaftstempel ist eine Lücke, da durch, dann immer am Zaun entlang auf der Erde gekrochen, dann husch, hinten bei der Küche vorbei ins Hans, die kleine Hintertreppe herauf, kein Mensch hat mich gesehen, ach, es war eigentlich sehr schön.«

Nun mußte auch Renate lachen. »Du bist doch ein rechter kleiner Kobold,« sagte sie, »aber rasch erzähle, wie es bei euch daheim geht.« Sie zog die Freundin neben sich auf die Truhe, und beide Mädchen hüllten sich in das große Tuch, das Luise umhatte, denn es war kalt geworden in der Kammer. »Wird auch nicht die Frau Pate heraufkommen?« fragte Luise ängstlich.

Aber die Freundin schüttelte den Kopf, »sie ist böse mit mir und hat mir geboten, oben zu bleiben.« Ihre Stimme zitterte, und Luise schmiegte sich zärtlich an sie an und streichelte tröstend ihre Wangen. Dann begann sie von den Vorgängen im Pfarrhaus zu erzählen, flüsternd, damit ihre Stimme nicht im Hause gehört wurde: »Ach Renate, du weißt gar nicht, wie traurig es bei uns ist, Vater und Mutter sehen so betrübt aus, und der dumme Walter.«

»Luise!« Renate war rot geworden vor Entrüstung, aber
die Freundin ließ sich in ihrer schwesterlichen Erkenntnis
nicht beirren, sie fuhr gelassen fort: »Ja, dumm ist er, ich bin
ihm so gram, er geht mit einem so trotzigen Gesicht umher
und ist noch nicht einmal bei den beiden Kranken gewesen,
und die haben doch so viele Schmerzen. Der eine ist ein
Deutscher, denke nur, und könntest du nur sehen, wie froh
er aussieht, wenn Vater oder Mutter kommen, der andere
redet immer im Fieber, und Vater sagt, er wird wohl
sterben.« Luise schluchzte auf, »es ist zu schrecklich!« Sie
rückte noch dichter heran. »Ich habe gehört wie Herr von
Lühenaar, so heißt der Deutsche, aus Rußland erzählt hat,
o, es war furchtbar. Ich sollte es nicht hören, aber Renate
schilt nicht, ich habe gehorcht. Mutter hat mich nachher
weinen sehen, und als ich gesagt habe warum, da hat sie
auch nicht gescholten. Ach, wenn doch nie mehr Krieg

käme, ich weine jeden Tag, wenn ich daran denke.«

Sie brach in Tränen aus und Renate weinte mit. Eine unbestimmbare Angst vor kommendem Unheil lag auf ihnen, und beide umschlangen sich und die Tränen der einen feuchteten die Wangen der andern. Endlich raffte sich Renate auf, und sich zu einem Scherz zwingend, sagte sie mit einem halben, etwas trübseligen Lächeln: »Du wolltest doch immer mit in den Krieg ziehen, wie Johanna von Orleans.«

Luise schüttelte ernsthaft den Kopf, mit einem ihr sonst fremdem Ernst sagte sie: »Nun nicht mehr, wenn ich daran denke, ich sollte so viele Menschen um mich her tot oder verwundet sehen, dann erfaßt mich eine große Angst. Lieber möchte ich wie meine Mutter werden, so gut und sanft, so geduldig die armen Männer pflegend.«

»Ja,« erwiderte Renate, »das möchte ich auch. Es muß schön sein, helfen zu können, Schmerzen lindern zu dürfen.«

Eine Weile saßen die Mädchen stumm beieinander. Gute, feierliche Gedanken bewegten ihre jungen Seelen, und der Wunsch nach segensvollem Tun sproßte in ihnen auf wie die Knospen im Frühling. Endlich begann Luise wieder: »Du weißt doch, daß der arme Vater so traurig ist, weil die Frau Tante und alle Leute im Dorf böse mit ihm sind. Ach, ich weiß es wohl, und ich habe immer gedacht, ich möchte ihm eine Freude machen, nun ist mir etwas eingefallen. Du weißt doch, Vater hört uns so gern singen, wollen wir nun nicht Sonntag in der Kirche unseren neuen Psalm singen? Du, ich und vielleicht Hans-Heinrich, wenn der nicht so dumm ist wie Walter. Sage, Renate, ist mein Plan nicht schön, wird Vater sich nicht freuen? Der Magister ist auch einverstanden, ich war vorhin bei ihm, er sagte, es werden vielleicht recht wenig Leute in die Kirche kommen, und darum wird Vater doppelt froh darüber sein. Sag doch ja, warum schweigst du?«

»Dein Vorsatz ist sehr schön,« sagte Renate mit gepreßter Stimme, »und gewiß würde dein Vater eine herzliche Freude an unserem Gesang haben, aber – wenn – du weißt doch, Tante Friederike, – sie wird es sicher nicht gestatten.«

Luise war ganz erschrocken, sie jammerte betrübt: »Daran habe ich ja nicht gedacht, und ich hätte so gern meinen Vater erfreut.« Sie begann wieder heftig zu weinen, und Renate wurde das Herz schwer, als sie den Schmerz der kleinen Freundin gewahrte. »Luischen,« bat sie, »höre doch auf zu weinen, wenn Hans-Heinrich ja sagt, will ich wohl sehen, dir deinen Willen zu tun, sei nur oben bei der Orgel. Wenn wir singen, bitte ich noch vorher den Magister, du kannst doch deine Stimme sicher?« – »O, gewiß doch,« rief Luise rasch getröstet, sie begann gleich mit ihrer hellen Stimme zu intonieren: »Befiehl –«

Erschrocken hielt ihr Renate den Mund zu. »Wenn dich jemand hörte,« sagte sie vorwurfsvoll.

Luise steckte vor Schreck den Kopf gleich in das graue Tuch, dann sagte sie ein wenig ängstlich: »Ich will lieber gehen, sonst kommt am Ende die Frau Tante doch noch, und das wäre schrecklich!« Sie hüllte sich wieder in ihr dunkles Tuch, öffnete die Tür und lauschte auf den weiten Flur hinab, ob jemand käme. »Renate,« flüsterte sie, »wenn mich jetzt jemand erblickt, gebe ich mich als Gespenst der seligen Frau Berta von Seeheim aus, weißt du, von der sie sagen, sie sei so böse gewesen, daß sie keine Ruhe im Grabe fände.«

»Du bist ein nettes Gespenst,« sagte Renate mit leisem Lachen. »Brr, wenn es solche zappeligen Gespenster gäbe!«

Luise kicherte leise vor sich hin, während ihr noch die Tränen an ihren Wimpern hingen. Sie nahm zärtlichen Abschied von der Freundin, dann huschte sie den Gang entlang. An der Treppe stand sie wieder horchend still, aus der Küche klangen lebhafte Stimmen, aber noch brannte kein Licht im Flur. Luise preßte die Hände an ihr klopfendes Herzchen, vorsichtig stieg sie Stufe um Stufe herab. Da knarrte eine derselben so laut, daß das Mädchen meinte, alle im Hause müßten es hören, aber es regte sich nichts. Sie unterschied jetzt deutlich die laute Stimme Jungfer Karolinens in der Küche, die anscheinend wieder eine Geschichte aus ihrer glorreichen Vergangenheit erzählte, Luise hielt an sich, um nicht zu lachen, am liebsten hätte sie jetzt die Tür geöffnet und mit einem tiefen Knicks die Demoiselle begrüßt. Aber wieder knarrte eine Stufe, und nun schwiegen drinnen die Stimmen. Da bekam sie Angst und eilte mit einigen hastigen Sätzen die Treppe hinab und verschwand gerade in dem kleinen dunkeln Gang, der sie noch von dem Ausgang nach dem Garten trennte, als Jungfer Karoline die Tür öffnete. »Alle Heiligen,« rief diese, erschrocken die Hände zusammenschlagend, »ein Gespenst!«

In diesem Augenblick hatte Luise draußen die Tür erreicht, neben der einiges Gartengerät stand, an das das Mädchen in seiner Hast stieß, es klirrte und rasselte laut, und Luise erschrak selbst über das Gepolter.

»Ein Gespenst, ein Gespenst, huhu,« kreischte die Jungfer, und die Mädchen kamen eilig aus der Küche zu ihrer Hilfe herbei. Wanda, die Zweitmagd, ergriff resolut eine kleine Öllampe, um zu leuchten, aber schon war Luise längst in Sicherheit, und sie kroch vorsichtig am Gartenzaun entlang.

Jungfer Karoline aber wankte schreckensbleich in die Küche, und da sie bei ihrer früheren Herrin mitunter eine Ohnmacht gesehen hatte, fand sie es angebracht, auch eine zu bekommen. Sie sank ächzend auf einen Stuhl, legte den Kopf hintenüber, streckte Arme und Beine steif aus und schloß die Augen.

Die Mägde waren ganz verblüfft über das sonderbare Gebaren, da sagte Stine Strobeck, die Schmiedsfrau, die zum Besuche in der Küche weilte: »Dem Jungferchen ist der Verstand alle geworden, man rasch ein Topchen Wasser und ihr auf das linke Füßchen treten!«

Ehe nun Demoiselle Karoline Einspruch gegen solche Behandlung erheben konnte, hatte Wanda, die Zweitmagd, ihr einen Schöpfeimer Wasser über den Kopf gegossen und Stine Strobeck ihr kräftig auf den Fuß getreten.

Die freundlichen Helferinnen waren äußerst erstaunt, wie schnell der Jungfer der Verstand wiederkehrte. Sie sprang wie besessen empor und schwapp hatte Wanda einen Schlag auf der Backe, daß sie sich vor Schreck gleich hinsetzte. Die Schmiedsfrau aber bekam eine Flut Schimpfworte zu hören, die nicht gerade reichsgräflich klangen. Mit der Jungfer war nicht zu spaßen, und ein richtiges Gespenst wäre vielleicht vor ihr ausgerissen, wenn es das Schelten gehört hätte. Stine Strobeck schaute mit richtiger Bewunderung drein, und ihr Respekt vor der Jungfer wuchs beträchtlich.

Als sich die Erregung über diesen Zwischenfall etwas gelegt hatte, kam nun wieder das Gespenst an die Reihe. »Große, glühende Augen hat es gehabt,« erzählte die Jungfer, »wie mit Ketten hat es gerasselt,« setzte Mareiken, die Küchenmagd, hinzu. Alle waren sich darüber einig, daß nun sicher ein Unglück geschehen müsse. »Es hilft nun nichts, es muß und muß was passieren,« sagte die Jungfer. An diesem Abend wurde in der Küche des Kloningkener Herrenhauses, als nach dem Nachtessen die Mägde saßen und spannen, von nichts weiter gesprochen als von dem Schloßgespenst, und eine wußte immer noch schaurigere Geschichten als die andere zu erzählen.

So ohne Hindernis kam Luise freilich nicht in ihr Elternhaus zurück: Kurz ehe sie dieses erreichte, prallte sie mit jemand zusammen, und auf einmal hatte Hans-Heinrich seine Arme um sie geschlungen.

»Luischen, habe ich dich endlich!« jubelte er auf, als er die Freundin umfaßt hatte. Diese, glücklich über die Begegnung, erzählte ihm in übersprudelnder Eile, wo sie gewesen, was geschehen sei und was sie tun wollte. Wie ein Wasserfall ging es. Und Hans-Heinrich rief mitten drin lachend: »Sag' doch, Luise, soll Jungfer Karoline singen oder wir? Du redest ja alles untereinander!«

Und Luise lachte und schwatzte weiter. Sie standen beide am Eingang des Pfarrgartens, mitten im Schnee, und hielten sich an den Händen gefaßt, sie fühlten nicht die Kälte, nicht den scharfen Wind, der von Osten her wehte, sie fühlten nur die Freude, einander wiederzuhaben. Als Luise endlich heimkehrte, da nahm sie das feste Versprechen Hans-Heinrichs mit, er wollte alles tun, seine Mutter zu versöhnen, und er wollte auch am Sonntag den Psalm mit ihr und Renate singen.

Mit leichterem Herzen betrat Luise das Haus. Nur der kleine Fritz hatte ihre lange Abwesenheit bemerkt und empfing sie ziemlich ungnädig, er mochte es gar nicht sehr leiden, wenn sich die große Schwester nicht um ihn kümmerte. Sie nahm rasch den Kleinen auf den Schoß und erzählte ihm eine lustige Geschichte, und beide Kinder lachten hell darüber, da trat die Mutter in das Zimmer und gebot ihnen ernst, sie sollten stille sein. Luise sah betroffen auf, eine Frage wagte sie nicht, aber die Mutter verstand ihren Blick und sie sagte: »Es steht schlecht mit unserem Pflegling; darum haltet euch ruhig, damit er nicht gestört wird.«

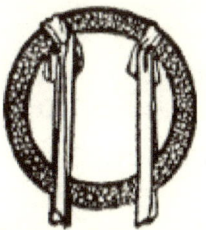

10. Kapitel.
Liebet eure Feinde.

Der Sonnabend war gekommen. Pfarrer Flemming saß in seinem Studierzimmer, er arbeitete an der Predigt für den Sonntag; noch nie in den langen Jahren seiner Amtsführung war ihm dies so schwer geworden wie an diesem Tag. Immer und immer wieder strich er das Geschriebene durch, starrte vor sich nieder und begann von neuem.

Im Hause herrschte Stille. Frau Charlotte vermied in den Stunden, da ihr Mann bei seiner Arbeit war, jedes unnötige Geräusch; am liebsten saß sie freilich neben ihm an dem kleinen Tisch am Fenster und nähte. Heute jedoch hielt ihre Pflicht sie in dem Krankenzimmer zurück, und unermüdlich sorgte sie für das Wohl ihrer Schützlinge. Der jüngere Offizier, ein Souslieutenant, ein geborener Bayer, war bereits auf dem Wege der Besserung, wenn auch noch Wochen vergehen konnten, bis seine Wunden völlig geheilt waren. Sein Kamerad dagegen, ein Voltigeurkapitän, erwachte nur immer auf kurze Augenblicke aus seinen wilden Fieberträumen, die dann wieder mit erneuter Heftigkeit einsetzten. Immer kürzer und pfeifender wurde sein Atem und immer geringer seine Lebenskraft. Er wimmerte, daß das Feuer ihn verbrenne, dann stöhnte er wieder: »Ich erfriere, ich kann nicht weiter, ich bin so müde.«

Frau Charlotte hatte den Leutnant in einer anstoßenden Kammer unterbringen wollen, aber sie hatte seinen flehenden Bitten, ihn nicht von seinem Gefährten zu trennen, nachgegeben.

Gegen Abend ließ dessen Fieber plötzlich nach. Mit seltsam klaren Augen schaute der Kranke um sich, er erkannte seinen jungen Waffenbruder; »oh mon bon camarade,« sagte er und streckte diesem mit sichtlicher Anstrengung seine Hand hin.

Als Charlotte Flemming zu ihm trat, sah er sie lange groß und erstaunt an; fragend irrten seine Augen im Zimmer umher, seine Lippen bewegten sich, als wollte er etwas sagen, aber er war zu schwach, und er schloß wieder die Augen. Sanft strich ihm Frau Charlotte über die feuchte Stirn, da lächelte der Kranke matt, und mit diesem friedlichen Lächeln schlief er ein, um nie mehr zu erwachen. Sein Kamerad preßte stumm den Kopf in die Kissen, er wollte die Tränen nicht sehen lassen, die ihm heiß aus den Augen strömten. Aber als seine gütige Pflegerin zu ihm trat, linde tröstende Worte sprach, da schluchzte er auf: »Ich habe meinen besten Freund verloren!«

Sie betteten ihn in eine kleine stille Kammer, ihn, der so sanft im fremden Lande schlief. Lange stand Pfarrer Flemming mit seiner Frau an dem Lager. Dann hob er den Kopf, und ein beinahe freudiger Klang war in seiner Stimme, als er sagte: »Nun weiß ich, Charlotte, was ich meiner Gemeinde sagen will!«

Walter wurde sehr bleich, als seine Mutter ihm den Tod des so bitter gehaßten Feindes mitteilte. Er wollte sprechen, und er brachte doch kein Wort heraus. Er hatte den fremden Mann, der in seinem Vaterhause gestorben war, nie gesehen, und doch fühlte er dessen Tod wie eine Last. Er wäre seiner Mutter am liebsten um den Hals gefallen und hätte sich ausgesprochen, denn in ihm war alles unklar und verwirrt, aber wieder schlossen Trotz und falsche Scham ihm den Mund. Beim Gutenachtgruß küßte er ehrerbietig der Eltern Hand, ein Weilchen stand er noch zögernd, aber die Bitte um Verzeihung, das Bekenntnis, daß er unrecht getan hatte, kam nicht über seine Lippen.

Luise weinte so lange, bis der Schlaf ihre Tränen

trocknete. Der kleine Fritz, dem es ängstlich ums Herzchen war in dieser traurigen Stille, kam zu der geliebten Schwester ins Bett gekrochen. Er schmiegte sich dicht an sie an und bettelte um eine Geschichte. Weil aber die Schwester nur immer leise weinte, entschloß er sich, ihr zum Trost, selbst eine Geschichte zu erzählen. Er fing das wunderschöne Märlein vom Dornröschen an, aber der böse Sandmann kam und streute so viel Sand in des Fritzels Augen, und so kam der Prinz nur gerade in das Schloß hinein, was drinnen geschah, erfuhr an diesem Abend die Schwester nicht. Der Kleine lallte: »Und der Prinz gingte hinein, er gingte, und da – und da –« Und da schlief der Fritz schon fest. Auch Luises Augen schlossen sich. Als kurz darauf die Mutter kam, da fand sie die Kinder lieblich schlafend, auf den rosigen Wangen des Mädchens waren noch die Spuren der vergossenen Tränen zu sehen.

Bis tief in die Nacht hinein strahlte ein Licht aus dem Pfarrhaus in die winterliche Stille hinaus. Schon begannen die Sterne zu verblassen, als Pfarrer Flemming endlich seine Feder niederlegte und sich zu seiner Frau wandte, die treu die Nacht bei ihm ausgehalten hatte. »Ich bin fertig, Charlotte, Gott gebe, daß es gut ist, daß ich die rechten Worte gefunden habe, und daß sie zu den Herzen meiner Gemeinde und meines Sohnes dringen mögen!«

Klar und hell brach der Sonntagmorgen an. Die Sonne überstrahlte das winterliche Land, das weiß und still in seinem Feierkleide dalag. Alle Arbeit ruhte, und die Dorfstraße, auf der sich sonst die Kinder gern mit lautem Geschrei tummelten, lag verlassen da.

Nun erhob die Glocke des Kirchleins ihre Stimme, rufend, mahnend, und Türe auf Türe tat sich auf, und aus allen Häusern eilten die Menschen zur Kirche. Sie kamen alle ein bißchen rascher als sonst, alle etwas unruhig und aufgeregt, und mancher Blick ging schon den Weg zum Pfarrhaus entlang. Auf dem kam Frau Charlotte mit ihren Kindern. Luise und Fritz gingen an der Hand der Mutter, und Walter schritt mit gesenktem Haupte hinter ihnen her. Ihm wurde das Herz immer schwerer auf diesem Gange. Auch aus dem Herrenhause kam Frau von Seeheim mit Knechten und Mägden, Hans-Heinrich hatte die Mutter darum gebeten, und die Mutter hatte zu seiner Verwunderung sehr rasch eingewilligt. Sie hatte auch keine Einwendung gemacht, als die Kinder um die Erlaubnis baten, ob sie nicht oben auf dem Chor bei Magister Richter sitzen dürften.

Überrascht blickte Pfarrer Flemming auf die zahlreich erschienene Gemeinde, er sah die Unruhe und Erwartung in den Augen, er sah auch, wie Stasiu Wietak keck und herausfordernd auf seinem Platze saß, und wie manche ängstlich zu dem Stellmacher hinsahen. Da richtete er sich stolz auf, frei und offen ruhte sein Blick auf seiner Gemeinde, keine Unsicherheit, kein Schwanken war in seiner Stimme, als er begann:

»Liebet eure Feinde; segnet die euch fluchen, tuet wohl denen, die euch hassen, so spricht unser Heiland zu uns, und ich, der ich mich seinen Diener nennen darf, stehe heute vor euch, meiner geliebten Gemeinde, und will mich rechtfertigen, warum ich nach diesen Worten unseres Heilands handelte.«

Einige der Bauern rückten unruhig auf ihrem Sitze hin und her. Frau Friederike neigte tiefer den Kopf, und Stasiu Wietak, der Stellmacher, wollte sich erheben, aber die derbe Faust Michael Ragnits hielt ihn zurück. »Schweig!« herrschte der ihn an. Sekundenlang ging es wie ein leises Raunen durch die Kirche, dann trat wieder tiefe, atemlose Stille ein, und der Geistliche fuhr fort:

»In der Nacht, da dieses neue Jahr begann, da kamen hilflos, halbtot, zwei verirrte Wanderer zu mir, und ich nahm sie auf, weil es meine Christenpflicht war. In jener Stunde durfte ich nicht denken, sind es Franzosen, denen du hilfst, in jener Stunde waren sie meine leidenden Brüder, denen ich meine Hand nicht versagen durfte. Heute nacht ist einer jener beiden allem Erdenleid entrückt, er steht vor unserem himmlischen Richter. Sein letztes Wort war ein Wort der Liebe für seinen Kameraden, und dieser, den er durch seine Treue vor einem elenden Tode bewahrte, ist ein Deutscher wie ihr und ich. Er ist einer deutschen Mutter Sohn, die daheim wohl in Leid und Angst ihres Ältesten gedenkt; ein Deutscher, der unsere Sprache spricht, den die Pflicht zwang, unter fremden Fahnen zu dienen. Ich vermag euch nicht die unsäglichen Leiden zu schildern, die die große Armee, die wir im Frühjahr hier durchziehen sahen, in Rußland erduldet hat. Meine Sprache ist nicht beredt genug, um für diesen Jammer, dieses ungeheure Elend Worte zu finden. Von denen, die ausgezogen, sind wenige heimgekehrt, heimgekehrt als Bettler, Flüchtlinge. Wir sind Deutsche, wir sehen darin eine Vergeltung Gottes, und dankbar blicken wir zu ihm auf, der uns in dunkler Nacht die Morgenröte der Hoffnung aufgehen läßt. Aber unser Gefühl, unsere Liebe zu unserem Vaterland darf nicht das Mitleid für den Menschen, sei es, wer es sei, der Hilfe heischend zu uns kommt, ertöten. Der ist kein Vaterlandsverräter, der das Wort unseres Heilandes zu seinem eigenen macht: ›Liebet eure Feinde!‹ Forderte heute mein Vaterland meinen Sohn von mir, mit blutendem Herzen, mit segnendem Munde würde ich ihn ziehen lassen und sagen: ›Gehe hin und tue deine Pflicht!‹ Und klopfte am gleichen Tage ein verirrter, hilfloser Feind an meine Tür, ich müßte ihm öffnen. Das Wort, ›Liebet eure Feinde‹, darf in eines Christen Herz kein toter Klang sein, ins Leben müssen wir es übertragen, mag es uns auch noch so schwer werden. Und wenn ihr mich alle darum verachtet, heute, morgen, alle Tage will ich barmherzig sein gegen den Franzosen, der meiner Hilfe bedarf. Zwanzig lange Jahre habe ich unter euch gelebt, zwanzig Jahre Freude und Sorge mit euch geteilt. Ihr kennt mein Herz, und ihr wißt, daß ich tief die Schmach meines Vaterlandes beweint habe, soll da wirklich eine Handlung, die mir meine Pflicht gebot, dieses Band, das zwanzig Jahre festgeknüpft haben, zerreißen?

»Ich liebe mein Vaterland! Frei und offen will ich es bekennen, und so ein Verräter unter euch ist, der gehe hin und zeige mich an, um meiner freien Worte willen. Ein echter deutscher Mann[1] hat vor wenig Monaten ein goldenes Wort geschrieben; es klinge nach in aller Herzen: – ›Auf denn, redlicher Deutscher! bete täglich zu Gott, daß er dir das Herz mit Stärke fülle und deine Seele entflamme mit Zuversicht und Mut.‹ – So ist auch mein Gebet, und dennoch, Herr mein Heiland, lehre mich, daß ich dein Wort erfülle: ›Liebet eure Feinde!‹«

[1] Ernst Moritz Arndt.

Es war totenstill in der Kirche geworden, nur manchmal wurde ein leises Schluchzen laut. Still, mit gesenktem Kopf saßen Männer und Frauen, Alte und Junge, selbst Stasiu Wietak wagte es nicht, aufzusehen. Neben seiner Mutter saß Walter Flemming, seine junge Seele war tief erschüttert und heiße Scham durchwogte ihn, daß er es vermocht hatte, diesen gütigen Vater so zu kränken. Oben auf dem Chor standen Renate, Hans-Heinrich und Luise, der Magister saß an der Orgel und blickte mit umflorten Augen zu den

Kindern hin, »könnt ihr singen?«

Aber diese kämpften noch immer mit ihren Tränen, endlich nahm sich Luise krampfhaft zusammen und sagte mit bebender Stimme: »Vater soll nicht um seine Freude kommen!« Sie trat an die Brüstung vor, da erhob gerade der Pfarrer seine Augen und sah sein Kind stehen. Die kleine hatte die Hände gefaltet und dann begann sie mit leiser, zitternder Stimme: »Befiehl dem Herrn deine Wege und hoffe auf ihn, er wird es wohl machen!« Erst klang es ängstlich, zagend, dann aber überwand sie die Befangenheit, der Gesang wurde freier, Hans-Heinrich und Renate fielen ein, die Stimmen schwollen an und vereinigten sich in lieblicher Harmonie. Die drei hatten sich angefaßt, Hand in Hand standen sie droben. Der Sonnenschein lag auf ihren jungen Häuptern, sie standen ganz im hellen strahlenden Licht. Und ihre klaren Stimmen flehten und jauchzten, sie fühlten es alle drei, so hatten sie noch nie gesungen, und so im innersten Herzen bewegt hatte Magister Richter noch nie den Gesang seiner Schüler begleitet.

Als der Geistliche die Kirche verließ, stand die Gemeinde wartend vor der Tür, allen voran schritt Friederike von Seeheim auf ihn zu, sie neigte das stolze Haupt, streckte beide Hände aus und sagte laut und fest: »Verzeihung, mein Freund!«

Männer und Frauen drängten ihr nach, alle kamen sie an ihn heran, junge und alte Hände streckten sich dem Pfarrer entgegen und er erwiderte herzlich den Druck. Manche schwielige, harte Arbeitshand hielt er da in der seinen, und seine Augen begegneten ehrlichen, um Verzeihung heischenden Blicken. Worte wurden nicht viel gewechselt, der Pfarrer erkundigte sich nur nach einigen Kranken und erhielt kurze, knappe Antworten, aber er fühlte, das alte Vertrauen, die alte Liebe war wiedergekehrt.

Ein tiefes Glücksgefühl erfüllte ihn, als er sein Haus

betrat, dort saß, wie so oft, Frau Friederike im Wohnzimmer. Am Ofen standen die drei tapferen Sänger, und der Pfarrer trat zu ihnen und küßte die klaren Stirnen, »ich danke euch,« sagte er, »ihr habt mir eine große Freude bereitet.«

Den dreien war es, als wäre der größte Reichtum der Welt ihnen zu eigen geworden, ja so groß erschien ihnen der Dank, daß sie ganz beschämt waren. Luise hatte nur den einen Kummer, den, daß Walter nicht dabei gewesen war. Der aber saß in seines Vaters Arbeitszimmer, denn was er seinem Vater zu sagen hatte, vertrug keines andern Gegenwart. Als Frau von Seeheim mit Renate und Hans-Heinrich das Pfarrhaus verlassen hatte, ging der Geistliche in sein Zimmer. Dort fand er den Sohn, dessen Abkehr sein tiefster Schmerz gewesen war. Schluchzend sank Walter in des Vaters Arme, er wollte sprechen, aber er konnte es nicht. Und der Vater verstand die stumme Bitte wohl, in dieser Stunde wurde es klar zwischen ihnen beiden, und Walter wußte nun, daß er in seinem Vater seinen treuesten Freund besaß.

11. Kapitel.
Die Folgen einer Predigt.

Am nächsten Tage wurde der französische Offizier auf dem kleinen Kloningkener Friedhof zur Ruhe bestattet. In ihren Feierkleidern folgten alle Dorfbewohner, auch Frau von Seeheim ging hinter dem Sarge des Franzosen, nur Stasiu Wietak fehlte. Es war eine kurze, stille Feier, dann wurde der Hügel mit Tannenreis bedeckt. Die Kloningkener vergaßen aber nicht den fremden Mann, der bei ihnen ausruhte von seinen schweren Leiden. Lange, lange Jahre wurde sein Grab mit Blumen geschmückt, das ein einfaches Holzkreuz bezeichnete.

Es war ein Jahr voll Hoffen und Zagen, das Jahr eintausendachthundertunddreizehn. In den ersten Wochen des Jahres durchschwirrten oft die seltsamsten Botschaften das Land. Einmal hieß es: Der König sei tief erzürnt über die eigenmächtige Handlung des Generals von York, und die Kunde wirkte wie ein eisiger Wasserstrahl auf die Flammen der Begeisterung. Dann wieder ging von Mund zu Mund das Gerücht, es sei nicht wahr, der General hätte mit seiner Tat nur des Königs Willen vollführt. Auch nach Kloningken drangen die verschiedensten Gerüchte, und sie wurden, wie überall, lebhaft besprochen. Jetzt aber kamen die Männer ins Pfarrhaus mit ihren Hoffnungen und Befürchtungen, und der Pfarrer konnte es jeden Tag von neuem merken, daß das alte Vertrauen wiederhergestellt war.

Einmal im Februar kam Freiherr Franz nach Kloningken, und er erzählte dem Pfarrer, es seien Erkundigungen nach ihm eingezogen worden, irgend jemand habe eine Anzeige gemacht, er reize seine Gemeinde durch seine Reden auf. Daraufhin setzte Magister Richter ein Schreiben auf, worin gesagt wurde, daß kein ehrlicher Mann in der Gemeinde Grund habe, sich über den Pfarrer zu beklagen. Der Magister schrieb die Namen aller Dorfbewohner darunter, und jeder machte zum Zeichen seiner Einwilligung drei Kreuze daneben, nur Daniel Romeike, der Schulze war, konnte seinen Namen schreiben, auch die gnädige Frau von Seeheim unterschrieb. Nachdem war alles still, keine Untersuchung, kein Tadel folgte, man wußte wohl, man konnte das Gären im Volke nicht dämmen. Von jener Zeit an aber wurde der Stellmacher Stasiu Wietak im Dorfe noch mehr denn sonst scheel angesehen, und standen zwei zusammen, und er gesellte sich als dritter dazu, dann ging man auseinander, zuletzt stand er ganz einsam und zog schließlich von seinem Heimatsort fort, man erzählte sich später, er sei als Spion erschossen worden.

Wenn auch des Landes Hoffnungen und Sorgen in dem einsamen Dorfe ihren Widerhall fanden, so ging doch das tägliche Leben seinen stillen Gang weiter. Der junge Offizier weilte noch immer als Genesender im Pfarrhause, denn seine schweren Wunden heilten nur langsam. Die Erschütterung über den Tod seines Kameraden hatte seinen Zustand verschlimmert, und nur der aufopfernden Pflege seiner Wirte gelang es, sein junges Leben zu retten. Aus seiner Heimat war ein Brief seiner Mutter gekommen, ein dankerfüllter Brief, in dem die Mutter von ihrer seligen Freude schrieb, daß der Sohn gerettet und in guter Pflege war.

Das Wort, das Pastor Flemming zu seiner Gemeinde gesprochen hatte von der Pflicht gegen den hilflosen Feind, war übrigens auf guten Boden gefallen. Es war ein harter Winter und die Not groß im Lande, und dennoch verging kaum ein Tag, an dem nicht eine Bauersfrau an des Pfarrhauses Tür klopfte und eine kleine Gabe für den Kranken brachte, war es auch nur ein frisches Ei oder ein

Töpfchen Milch. »Unsern Franzosen«, nannten die Dorfleute den Fremden bald, und sein Ergehen war Dorfgespräch. Als es ihm besser ging, kam immer ein Bauer nach dem andern mit der Bitte, den Kranken sehen zu dürfen. Pfarrer Flemming führte sie bereitwillig in seines jungen Gastes Zimmer, dem reichten sie treuherzig die Hand und wünschten ihm in ihrer rauhen, unbeholfenen Weise eine gute Genesung. Leutnant von Lühenaar erzählte dann wohl von dem Todeszug durch Rußland, und ernsthaft lauschten die Bauern seinen Worten. Der Schmied, Franz Strobeck, der, wie seine Frau sagte, »ein Hitziger war«, konnte sich nicht enthalten zu rufen: »Alles allein dem Bonaparte sein Werk!«

Der junge Offizier seufzte leise, und seine Augen sahen sehnsüchtig ins Weite, er gedachte seines schönen Vaterlandes, das auch unter der fremden Herrschaft litt, dessen Söhne im Gefolge des fremden Eroberers in den Kampf ziehen mußten.

Auch die Bewohner des Herrenhauses kamen oft, den Kranken zu besuchen. Als er Renate das erstemal sah, da fragte er lächelnd: »Kennt die kleine Demoiselle mich noch?«

Renate bejahte hocherglühend, sie hatte sofort den Offizier wiedererkannt, der im Frühling in Kloningken gewesen war, schüchtern sah sie ihn mit ihren sanften Augen an, die lebhafte Luise aber rief: »O, Renate, immer sagst du, ich hätte meine Augen überall, und doch hast du dir den Herrn Leutnant viel besser angesehen als ich!«

Der junge Mann lachte. »Trotzdem wir, schon seit ich hier bin, so gute Freunde geworden sind, hat Demoiselle Luise mich doch noch nicht als alten Freund erkannt, sie war damals auch gar zu furchtsam!« Luise wurde verlegen, sie schmollte etwas, als aber Hans-Heinrich sie später neckend fragte: ob ihr Mund vielleicht spazieren gegangen sei, da wurde sie wieder vergnügt und plauderte in alter Weise.

Walter und Hans-Heinrich waren bald unzertrennlich von dem Offizier, wenn Frau Charlotte nicht oft Einspruch erhoben, so hätten sie ihre ganze freie Zeit bei ihm verbracht. Die beiden waren unermüdlich im Fragen, und Leutnant von Lühenaar erzählte ihnen viel von dem Feldzug. Er schilderte den Übergang über den Niemen und wie schon von Anfang an keine rechte Ordnung im Heer gewesen sei. Die Schlacht bei Borodino hatte der junge Offizier mitgefochten, und verwundet war er in das brennende Moskau mit eingezogen. »Es war eine Stadt des Todes,« sagte er oft, »die meisten von uns haben es beim Einzug gefühlt, daß wir nur besiegt aus diesem Lande heimkehren würden.« Der junge Offizier aber selbst lauschte begierig jeder Nachricht, die von der Welt her in das stille Kloningken drang. Er zagte und hoffte mit den andern, oft aber, wenn die beiden Knaben begeistert von einem künftigen Befreiungskampf sprachen, überschattete tiefe Traurigkeit sein Gesicht. Er war ein Deutscher und durfte doch nicht deutsch fühlen, vielleicht mußte er gar in den Kampf gegen Deutsche ziehen.

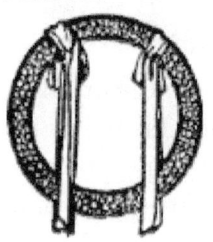

12. Kapitel.
Luise unternimmt einen Spaziergang und eine Abschiedsstunde schlägt.

»Es riecht schon nach Frühling,« sagte Luise Flemming eines Tages. Sie streckte das Näschen in die Luft und sog begierig den herben Erdgeruch ein. Sonne und Tauwind hatten in den letzten Tagen dem Schnee ziemlich den Garaus gemacht, überall sah die braune Erde hervor, und nur am Waldesrand schimmerten noch einige schmutzigweiße Flecke. »Fritz, glaubst du, daß es schon Schneeglöckchen gibt?« fragte Luise.

Fritz, der meist mit der Schwester in solchen Fragen übereinstimmte, bejahte lebhaft, er machte den Vorschlag, sie wollten bis hinter das Dorf gehen und dort am Wiesenabhang nachsehen. Luise überlegte. »Ja, komm, Fritz,« sagte sie dann, »vielleicht finden wir schon einige Glöckchen, die wir Herrn von Lühenaar zum Abschied geben können, morgen will er nach Bayern zu seiner Mutter zurückkehren.«

Wohlgemut trabten die beiden die Dorfstraße entlang. Luise raffte zierlich ihr Kleid hoch, denn sie sah zu ihrem Entsetzen, daß es reichlich schmutzig draußen war. Fritz suchte dagegen mit einer gewissen Freude die feuchtesten Stellen aus, und er patschte mit seinen derben Stiefelchen wohlgemut durch manche Pfütze. Unterwegs begegneten die Kinder der Jungfer Karoline, die auch mit hochgerafftem Kleid die Dorfstraße entlang stapfte. Sie kam vom Herrenhaus und wollte der Schmiedsfrau einen Besuch abstatten. Die Jungfer schüttelte bedenklich den Kopf, als sie von dem Unternehmen hörte. »Luischen, du bist doch ein rechter Unband,« sagte sie vorwurfsvoll. »Wie kann ein

Mädchen nur so wie ein Junge umherstreifen, sicher wird deine Frau Mutter ungehalten sein.«

»Ach, Mutter wird nicht schelten,« tröstete Luise etwas leichtsinnig, »ich werde ihr sagen, daß ich mit Demoiselle Karoline gegangen bin.«

Diese lächelte geschmeichelt und ließ sich nun herab, mit Luise eine Unterhaltung zu führen. »Es war eine recht unruhsame Nacht für mich,« begann sie mit einem Seufzer, »der Wind pfiff so sehr, und seit ich im Dezember die horrible Erscheinung hatte, läßt jedes Geräusch mich im Schlafe emporfahren.«

»Welche Erscheinung?« forschte Luise neugierig.

»Ach, Luischen,« sagte die Jungfer kläglich, »ich soll es ja nicht sagen, Ihre Gnaden, die Frau Baronin, schilt mich sonst, es ist, weil Ihre Gnaden nicht an dergleichen Dinge glaubt, aber ich lasse es mir nun mal nicht nehmen, was ich gesehen habe, habe ich gesehen.« Luise drängte sich dichter an sie heran. »Demoiselle,« bat sie, »sagen Sie es mir doch, ich verrate sicher nichts.«

Eine Weile schien diese zu schwanken, dann als sie sah, daß Fritz sich nicht weiter um sie bekümmerte, sondern sich damit unterhielt, mit einem dicken Stock Löcher in die feuchte Erde zu stoßen, begann sie in geheimnisvollem Flüsterton: »Einige Tage nach Neujahr war es, da bin ich in der Küche, um einiges mit den Mädchen zu reden, da – plötzlich ist es mir, als husche etwas leise an der Tür vorbei. Du kannst mir glauben, Luise, eiskalt lief es mir über den Rücken, ich aber, mutig wie ich bin, gehe zur Tür und – noch heute sträubt sich mir mein Haar, wenn ich daran denke, da gleitet eine mächtige, dunkle Gestalt an mir vorüber. Sie schleifte ein langes dunkles Gewand nach sich, ich hörte ein fürchterliches Kettengerassel und sah – ach, es ist horrible – ich sah ein paar große glühende Augen!« Die Jungfer ächzte schwer, und wenn es nicht so schmutzig auf der Dorfstraße gewesen wäre, dann wäre sie vielleicht wieder in Ohnmacht gefallen, so war sie aber zu vorsichtig dazu.

Luise hatte erst mit Spannung gelauscht, dann begann es in ihrem Gesicht zu zucken, und kaum hatte Jungfer Karoline geendet, da brach sie in ein helles, übermütiges Lachen aus. Erst ganz erstaunt, dann streng und verweisend sah die Jungfer sie an, aber Luise lachte und lachte, bis ihr die hellen Tränen über das Gesicht liefen. Sie schluckste und prustete, sie wollte sprechen, aber sie brachte kein Wort hervor. Fritz hatte erst verdutzt zur Schwester aufgesehen, dann fand er das Lachen sehr vergnüglich, er stimmte auch ein und lachte aus vollem Hals mit, weil die Schwester lachte.

Jungfer Karoline warf einen niederschmetternden Blick auf beide, sie reckte den Kopf hoch in die Luft und ging steif wie ein Grenadier ihres Weges weiter, im Herzen tief empört über die dumme Mariell. Nachher klagte sie der Schmiedsfrau ihr Leid. »Ich hätte die Luise wirklich für klüger gehalten,« sagte sie giftig, »aber Ihre Gnaden, die Frau Baronin, haben recht, sie ist ein Unband.«

Der Unband Luise lachte unterdessen mit Fritzchen um die Wette, hörte die eine auf, fing der andere an, Fritz wischte sich mit seinen schmutzigen Händchen schon die Tränen aus den Augen, die ihm das Lachen erpreßt hatte. Von den Dorfleuten kamen etliche neugierig aus ihren Häusern heraus, und als sie die Pfarrerskinder so vergnügt lachen sahen, lachten sie mit. Endlich gelang es Luise, ihre Fassung wieder zu gewinnen, und sie sah, daß sich ihre Begleiterin bereits ein gutes Stück entfernt hatte, sie schämte sich, ihr nachzueilen, denn nun schlug ihr das Gewissen, daß sie die gute Jungfer so ausgelacht hatte. »Komm, Fritzel, wir wollen zurückgehen, ich glaube doch nicht, daß wir Schneeglöckchen finden!« sagte sie.

Der Kleine faßte ihre Hand und sah mit glänzenden Augen zu ihr auf. »Du, Luisel,« rief er, »war das nicht fein! Du, sage doch, warum haben wir denn gelacht?«

»O, du Dummerchen,« jubelte die Schwester, sie hob den kleinen Buben hoch empor und küßte ihn auf den roten Mund, »gelacht haben wir, weil Jungfer Karoline mich für ein Gespenst gehalten hat.«

Der Kleine verstand nun freilich nicht recht den Zusammenhang der Dinge, aber da er die Schwester so heiter sah, stimmte er wieder mit ein. Beide unternahmen einen Wettlauf und sie langten in der vergnügtesten Stimmung im Pfarrhause an. Dort hatten sich Frau von Seeheim mit Hans-Heinrich und Renate eingefunden, sie saßen bei dem jungen Offizier, der nun bald Abschied nehmen wollte, um über Thorn den Rückweg in seine Heimat anzutreten. Es wurde ihm bitter schwer, von dem Pfarrhause zu scheiden, das ihm eine so freundliche Heimat gewesen war, dessen Tür sich dem Flüchtling geöffnet hatte, und in dem man ihn pflegte wie einen Sohn.

»Was mag die kommende Zeit bringen?« hatte der Pfarrer gesagt. »Es ist in diesen Tagen eine Unruhe in meinem Herzen, als müsse ein Wetterstrahl herniederfahren, o, möge er Erlösung bedeuten für unser armes, duldendes Land!«

»Und wenn ich meine Waffe führen darf, dann gebe Gott, daß es im Dienst einer gerechten Sache ist,« hatte leise der junge Offizier erwidert.

Ein langes Schweigen herrschte; jeder hing seinen Gedanken nach. Die Knaben standen Hand in Hand, und der Pfarrer, dessen Augen forschend auf ihnen ruhte, verstand in ihren Seelen zu lesen; er wußte, sie dachten daran, auch einst ihre Jugend, ihre Kraft in den Dienst des Vaterlandes zu stellen. Seine Augen suchten Frau Friederike, und er las in ihren sorgenden Zügen die Angst vor den kommenden Tagen. Renate hatte sich an Charlotte geschmiegt; sie empfand die Sorge der anderen tief.

In diese Stille hinein stürmte Luise mit dem kleinen Fritz, ihr helles Lachen erklang schon von fern. Als sie die Stubentür öffnete, da drang von draußen herein Sonnenlicht und weiche Frühlingsluft, und Luise stand auf der Schwelle, mit einem so strahlenden Ausdruck in dem lieblichen Gesicht, als brächte sie den Frühling selbst mit.

»Jungfer Karoline denkt, unsere Luise ist ein Gespenst,« rief Fritzel. Er drängte sich mit drolliger Wichtigkeit hervor; als er aber die Frau Tante aus dem Herrenhaus gewahrte, verkroch er sich schüchtern in die Falten von Luises Kleid. Auch diese war verlegen geworden und helle Glut überflog ihr Gesicht, die auf Renates Wangen ihren Widerschein fand, denn diese war die einzige, welche Fritzels Worte verstand.

»Ein Gespenst!« Der junge Offizier brach zuerst das Schweigen, und Walter rief nun auch: »Du ein Gespenst, Luise?«

»Erzähle uns! – was soll das bedeuten,« gebot der Vater. Die Kleine senkte verlegen den Blick, scheu schaute sie hastig zu Frau Friederike hin. Die lächelte ein wenig und fragte: »Soll ich die Gespenstergeschichte nicht erfahren, Luise?«

»Erzähl doch!« drängte Fritzel.

»Ist es so schlimm?« neckten Herr von Lühenaar und Walter.

»Nein,« sagte Luise mit schelmischem Trotz, »es ist nicht schlimm, und ich wollte dem Vater ja nur eine Freude machen.« Geschwind erzählte sie nun von ihrem heimlichen Besuch bei Renate und von der Begegnung an der Küchentür und Jungfer Karolines heutiger geheimnisvoller Erzählung. »Was die Jungfer für Kettenrasseln hielt, war doch nur ein alter Spaten, an den ich anstieß,« schloß sie kichernd.

»Aber Luise, du wildes Mädchen,« rief die Mutter ein wenig erschrocken. Doch Frau Friederike, die sonst so viel an der Kleinen zu tadeln hatte, streckte die Hand nach ihr aus und sagte freundlich: »Komm, Luise, du bist ein liebes, tapferes Kind, und der Gesang damals hat uns allen eine große Freude gemacht!«

Mit stürmischer Innigkeit eilte Luise auf die Tante zu und küßte ihre Hand. »Seien Sie nicht böse,« bat sie schüchtern, und dann fügte sie mit einem treuherzigen Aufblick ihrer schönen braunen Augen hinzu: »Ich habe Sie so lieb, Frau Tante.«

Gerührt zog diese das Kind an ihr Herz – seit jener Stunde verstanden sich die beiden.

Es war, als sei durch Luises Eintritt der Bann gewichen, der vorher alle bedrückt hatte. Die Frühlingsluft, die hereingeweht war, hatte die Sorgen verscheucht, und unter heiteren Gesprächen verfloß der Tag. Zuletzt setzte sich Charlotte Flemming an das kleine, schon etwas verstimmte Spinett und schlug die Tasten an; die Kinder sangen allerlei Volkslieder, deren Text auch die Erwachsenen mitsummten. Dann aber ging die heitere Melodie in eine ernste, feierliche über und wieder sangen die Kinder, wie damals in der Kirche den schönen Psalm: »Befiehl dem Herrn deine Wege.« Diesmal sang auch Walter mit; er war hinter seine Schwester getreten und hatte den Arm um sie gelegt, Fritzchen hielt, wie gewöhnlich, der Schwester Kleid, er sah mit seinen großen, blauen Augen ernsthaft drein. Des Pfarrers Augen ruhten unverwandt auf seinen Kindern, als müsse er sich dieses Bild tief in sein Herz einprägen. »Befiehl dem Herrn deine Wege,« klang es in ihm nach.

Die Erinnerung an die Heiterkeit und den Frieden dieses letzten Tages nahm Leutnant von Lühenaar mit, als er am nächsten Tage seinen Gastfreunden »Lebewohl« sagte. Es war ein bewegter Abschied, wie teuer waren ihm die

Menschen geworden, die ihn so opferwillig aufgenommen hatten. Von jedem Fleckchen nahm er Abschied, auch von dem Grab seines Freundes, auf das Luise und Renate einen Buchsbaumkranz gelegt hatten; er stand noch einmal an der Stelle, an der ihn der Pfarrer halbtot gefunden, und er drückte den Dorfbewohnern die Hände und schämte sich nicht der Tränen, die auf Frau Charlottens mütterliche Hand fielen. Bis zur nächsten Stadt gaben ihm im Wagen Frau von Seeheims der Pfarrer, Hans-Heinrich und Walter das Geleite. Dort nahm ihn die Post auf und fort ging die Reise, durch das sich nach dem Frühling sehnende Land, der fernen Heimat entgegen.

»So Gott will, sehen wir uns wieder!« rief er beim Abschied.

»Als Freunde!« gaben die Knaben zur Antwort, und der Schwager blies auf dem Bocke ein Liedchen, das wehmütig in die Weite klang.

13. Kapitel.
Das Vaterland ruft.

Kaum eine Woche nach der Abreise des jungen Offiziers war vergangen, als der Freiherr von Seeheim nach Kloningken die Nachricht brachte, daß Deutschland zum Kriege rüstete.

»Herr Pfarrer, es gibt Krieg!« rief er vom Pferde aus dem Geistlichen zu, dem er auf dem Wege begegnete. »Hurra, Herr Pfarrer, unser König selbst ruft sein Volk zu den Waffen. Mein Weib weint daheim, aber segnend läßt sie mich ziehen, und so wahr ich Franz von Seeheim heiße, meine Pflicht will ich tun wie der Jüngsten einer!«

Er reichte dem Pfarrer ein Blatt, das ein Kurier von Breslau gebracht hatte, es war König Friedrich Wilhelm III. Aufruf »An mein Volk« vom 17. März.

Es war, als brause der Frühlingssturm durch den Wald. Des Königs Wort ging von Mund zu Mund und entflammte die Herzen und erweckte das deutsche Volk zum Kampf. Von Dorf zu Dorf, von Stadt zu Stadt flog der Ruf, und die Begeisterung stieg wie eine Feuersäule zum Himmel empor. Männer, in der Blüte der Kraft, und solche, denen schon der Schnee auf dem Haupte lag, Jünglinge, die noch den Kinderblick in den Augen hatten, alles griff zu den Waffen, in Scharen strömten die freiwilligen Kämpfer nach Breslau, wo der König weilte.

Im Herrenhaus zu Kloningken lag Hans-Heinrich von Seeheim vor seiner Mutter auf den Knien und bat:

»Laß mich ziehen, Mutter!«

»Laß mich ziehen, Mutter, wenn ich auch noch so jung
bin, mein Arm ist stark und ich fühle meine Kraft. Mein
Vaterland ruft, es gilt, Vergeltung für Jena zu holen, unserer
Heimat die Freiheit zu erringen, Mutter, o laß mich ziehen!«

»Du bist noch mein einziger,« sagte Frau Friederike, und tiefer Schmerz lag in ihrer Stimme. »Mein letzter bist du, ich kann dich nicht missen. Dies Opfer ist zu schwer, ich kann nicht!«

»Walter darf auch mitziehen,« sagte Hans-Heinrich mit halbem Trotz.

»Er ist beinahe achtzehn Jahre, ist älter als du, und seine Eltern haben noch zwei Kinder!«

»Mutter, meine Mutter,« bat der Knabe wieder, »wie kann ich zu Hause bleiben, wenn alles zu den Waffen greift. Mutter, ich, ein Seeheim, ich weiß, mein tapferer Vater würde nichts anderes von mir erwarten, Mutter, laß mich ziehen!«

»Nein – nein, o, du barmherziger Gott, ich kann nicht! Nicht alles kann das Vaterland von einer Mutter fordern, du bist noch ein Knabe, für dich besteht noch nicht die Pflicht, in den Kampf zu ziehen, deine Pflicht ist, bei deiner Mutter zu bleiben! Hans-Heinrich, was ist das Leben für mich ohne dich, was weiß ein Kind von den Schmerzen, die einer Mutter Herz zerreißen. Bleibe bei mir, ich kann dich nicht lassen!«

Hans-Heinrich schwieg. Die Liebe zu seiner Mutter, der heiße Wunsch, zu den Waffen zu eilen, rangen in seinem Herzen miteinander. Wenn er in der Mutter bleiches, vergrämtes Gesicht sah, dann rief es in ihm: »Bleib hier, du darfst sie nicht verlassen.« Aber dann dachte er an das Vaterland, das seine Söhne rief, und feige erschien es ihm, daheim zu bleiben. Hinter dem Ofen sollte er hocken, während draußen um die Freiheit des Landes gerungen wurde. Das konnte, das durfte doch nicht sein. Er sprang auf, es wurde ihm zu eng in dem Zimmer, er mußte hinaus. »Mutter,« bat er noch einmal, »laß mich ziehen!«

Frau Friederike, die sonst so Aufrechte, saß ganz zusammengesunken auf ihrem Sessel. Bei den Worten des Sohnes richtete sie sich auf, und ein wenig von der alten harten Festigkeit lag in ihrer Stimme, als sie rief: »Ich kann nicht.« Und nach einer Weile sagte sie müde, gebrochen: »Laß mich jetzt allein – morgen – werde ich dir Antwort sagen!«

Bedrückt ging Hans-Heinrich hinaus. Er suchte einsame Wege auf und lief durch den Park, über die Felder, aber er fand keine Ruhe. Endlich ging er in das Pfarrhaus, vielleicht daß ihm dort Hilfe wurde. Er traf die Familie im Wohnzimmer; still und ernst saßen sie beieinander, Frau Charlotte, wie immer, eine Arbeit in den fleißigen Händen. Verstohlen wischte sie manchmal eine Träne ab, die darauf fiel, niemand sollte es sehen, wie furchtbar schwer es ihr wurde, ihren Sohn, ihren Ältesten herzugeben. Ohne Widerspruch hatte sie, gleich ihrem Manne, dem Wunsch Walters, als Freiwilliger ins Heer zu treten, beigepflichtet, klaglos brachten die Eltern dem Vaterland das Opfer, das es forderte.

Ein freundlicher Gruß wurde Hans-Heinrich als Willkommen geboten. Aber er fand nicht wie sonst Worte für das, was ihn bewegte, er saß schweigend in dem lieben, vertrauten Kreise. Selbst mit Luise kam er nicht, wie sonst, in ein Gespräch, diese saß heute mit ungewohntem Eifer bei ihrer Arbeit, und aller schelmische Übermut war aus ihrem Gesichtchen verschwunden.

Pfarrer Flemming sah, daß Hans-Heinrich niedergeschlagen war, und er ahnte den Grund. Väterlich herzlich lud er ihn in sein Arbeitszimmer, und dort löste sich des Knaben Stummheit, er vertraute dem Pfarrer seinen Kummer an. Der sah ihn fest an und sagte ernst: »Hans-Heinrich, du bist deiner Mutter einziger Sohn, sie hat für dich gesorgt in selbstloser Treue bis zu diesem Tage, du bist ihr zuerst Gehorsam schuldig; welche Entscheidung sie auch trifft, für dich muß es die rechte sein. Deine Hoffnung, zwischen dir und deiner Mutter zu vermitteln, kann ich nicht erfüllen, denn zwischen Eltern und Kinder darf sich kein dritter drängen. Wohin dich dein Platz auch stellt, denke immer daran, ein guter, pflichtgetreuer Mensch, sei es Mann, sei es Weib, kann seinem Vaterland überall dienen, im Krieg und im Frieden, wenn er seinen Posten mit rechter Treue ausfüllt.«

Hans-Heinrich senkte schweigend den Kopf; die ernsten Worte des Pfarrers hatten Eindruck auf ihn gemacht. Der Entschluß wurde ihm zwar bitter schwer, aber er nahm sich doch vor, möglichst ruhig seiner Mutter Entscheidung zu ertragen.

Bald darauf brach er auf, und Walter gab ihm das Geleite. Arm in Arm schritten die Freunde dem Herrenhause zu. Es war ein warmer Tag, hin und wieder fielen einzelne Regentropfen, dann jagte wieder der Wind die Wolken auseinander und die Sonne brach strahlend hervor. Der letzte Schnee war verschwunden und wie grüne Teppiche schimmerten die Saaten. An den Sträuchern und Bäumen waren die Knospen dick geschwollen, ja, hie und da entfalteten sich schon ganz zarte grüne Blättchen. Von fernher tönte das »Hüh, Hüh« eines Bauern, der hinter dem von einem Ochsen gezogenen Pfluge herschritt, begleitet von einem Schwarm Krähen, die in dem aufgewühlten Boden nach Nahrung suchten, um, wenn der Bauer die Peitsche schwang, mit lautem Geschrei wieder in die Höhe zu fliegen.

Die Freunde sprachen wenig miteinander, Walter sah ringsum, und zum ersten Male kam ihm recht zum Bewußtsein, wie schön doch die Heimat sei. Dort im Osten der Wald, die blaugrünen Kiefern hoben sich dunkel von den noch blätterlosen Birken ab, und daneben der See, der wie ein schmales, silbernes Band auf dem braunen Kleid der Mutter Erde lag. Vor ihm das Dorf, mit seinen mit Stroh gedeckten Häusern, auf dem Dach von Michael Ragnits

Gehöft war ein Storchnest, dessen Bewohner schon zurückgekehrt waren, auf einem Bein stand der Storch und klapperte eine lange Geschichte, der Frau Störchin zuhörte. Tief atmete der Jüngling die linde Frühlingsluft ein. Er hatte in den letzten Wochen in fieberhafter Aufregung gelebt. Die Gerüchte von dem nahen Krieg, das Bange, Ungewisse hatten schwer auf ihm gelastet, nun die Entscheidung gefallen war und die Eltern seinen Entschluß, in das Heer einzutreten, gebilligt hatten, trat erst der Gedanke an die nahe Trennung vor seine Seele. Eine weiche, wehmütige Stimmung überfiel ihn, und wenn er in seinem törichten Knabenstolz nicht gemeint, Weinen sei eines künftigen Kriegers unwürdig, und sich darum nicht gewaltsam beherrscht hätte, in dieser Stunde wären ihm leicht die Tränen gekommen. Eine unendliche Bangigkeit überkam ihn. »Hans-Heinrich,« sagte er leise, »es ist doch schön zu Hause. Ich glaube, ich könnte noch so viel von der Welt sehen, besser würde es mir nirgends gefallen.«

Hans-Heinrich sah den Freund an. »Ich wollte, ich wäre an deiner Stelle, o, Walter, wie beneide ich dich,« rief er, »ich glaube, ich ertrage es doch nicht, still zu Hause zu hocken, während ihr draußen kämpft! Lebe wohl, Walter, du Glücklicher!« Er reichte diesem rasch die Hand und eilte dem Hause zu, er wollte tapfer sein und nicht zeigen, wie schwer ihm die Entsagung wurde.

Träumerisch ging Walter zurück, da kam es mit leichten Schritten hinter ihm her, und als er sich umsah, stand Renate vor ihm. Sie trug ein weißes, blumiges Kleid, ihr blondes Haar war vom Winde zerzaust und umgab ihr Köpfchen wie ein Strahlenkranz, eine leichte Röte war von dem eiligen Lauf in ihre sonst so blassen Wangen getreten, Walter meinte, er habe sie noch nie so lieblich gesehen. »Ich sah dich mit Hans-Heinrich kommen,« sagte sie, »und wollte dir gern guten Tag sagen.«

Mit einer ihm sonst fremden Scheu ergriff er ihre Hand und hielt sie in der seinen. »Ich gehe nun bald in den Krieg, Renate, tut es dir leid?«

Walter erblickt Renate

In ihre blauen Augen trat das Wasser. »O, Walter, der liebe

Gott beschütze dich, mir ist so angst um dich, so angst!«

»Renate!« des Jünglings Stimme schwankte bedenklich, »ich werde wiederkehren als ein Mann, als ein Sieger. Aber weißt du, unsere Vorfahren bekamen von ihren Damen ein Kleinod mit als Amulett, wenn sie in den Kampf zogen, gib mir eins, Renate, eins zum Zeichen, daß du an mich denkst!«

Verwirrt sah sie an sich nieder. »Ich habe doch nichts, oder da!« sie nahm eine kleine goldene Kapsel, die sie an einem schmalen schwarzen Bande um den Hals getragen, »nimm dieses hier.«

Ganz vorsichtig nahm es Walter zwischen seine Finger und öffnete es, »ach, es ist leer, doch warte!« Rasch zog er ein Messer aus der Tasche, und ehe Renate wußte, wie ihr geschah, fing er an, eine Strähne ihres blonden Haares abzuschneiden. Es ging nicht leicht mit dem stumpfen Messer, aber das Mädchen hielt geduldig still, so sehr es auch riß. Achtsam legte der Jüngling dann die Härchen in die kleine Kapsel und barg das Kleinod in seiner Tasche, »nun bist du meine Herrin, Renate,« sagte er ernsthaft.

»Ich will täglich für dich beten, Walter.«

»Vergiß mich nicht, Renate, liebe Renate,« bat Walter mit erstickter Stimme. Einige Augenblicke lang standen sie Hand in Hand, sie sahen sich tief in die Augen, und ihnen beiden war es, als könnte sie nichts mehr auf der Welt trennen. »Nur der Tod kann unsere Freundschaft scheiden,« dachte Walter, und ein seltsam banger Schauer durchrieselte ihn. Er sprach das Wort aber nicht aus, beinahe heftig riß er sich los: »Leb' wohl!« murmelte er, dann eilte er davon.

Renate blieb stehen, mit umflorten Augen sah sie dem Freunde lange, lange nach. »Wenn er nicht wiederkommt,« klang es in ihrem Herzen, da schluchzte sie auf und eilte rasch in ihr Stübchen, um allein zu sein mit ihrem Schmerz.

Einer nach dem andern kam aus dem Dorf in das

Pfarrhaus, die mitkämpfen wollten in dem Kampf um die Freiheit. »Herr Pfarrer, ich will mitziehen,« so meldeten sie sich schlicht und einfach. Der Pfarrer schrieb ihre Namen auf, um die Liste dann dem Freiherrn Franz von Seeheim zu geben, der alle freiwilligen Kämpfer nach Königsberg geleiten wollte. Michael Ragnit kam und brachte seine beiden Söhne. »Sie haben Kraft, Herr Pfarrer,« sagte er, »guten Willen, ihrem Vaterlande zu dienen, haben sie auch, was ihnen sonst noch fehlt, werden die Herren Obersten ihnen schon beibringen, am Dreinschlagen wird es nicht mangeln.«

Franz Strobeck, der Schmied, kam. »Ich geh' mit, mein Weib, mit der ich immer Streit hatte, sitzt und heult. Aber Hochwürden, ein gutes Weib ist sie doch, das beste, was sie für mich schaffen kann, gibt sie her, denn sie hat Angst, ich möchte nicht satt zu essen haben, und ihren Patentaler hat sie mir als Zehrpfennig eingenäht.« Der Mann fuhr sich verlegen durch die Haare, »wenn's Friede wird, und unser Herrgott läßt mich heimkehren, dann will ich auch Frieden halten mit meinem Weib, ich gebe mein Wort, und das halte ich.«

Vogt Schwarze kam, mit ihm der lange Friedrich, der als Pferdeknecht diente, und der größte Mann im Dorfe war. Er hatte sich einst zwei Finger seiner linken Hand abgehackt, um nicht unter Bonaparte kämpfen zu müssen. »Unser gnädiger Herr König wird mich schon gebrauchen können, dreinhauen kann ich auch mit acht Fingern,« sagte er und reckte seine lange Gestalt empor, »und wenn ich nur eine Hand hätte, ich ging' doch mit.«

Daniel Romeike kam mit Sohn und Schwestersohn, er war der reichste Mann im Orte und führte darin eine gewichtige Stimme. »Hochwürdiger Herr Pfarrer, schreiben Sie mich auch mit auf, ich gehe mit, ich will mich nicht von meinem Jungen beschämen lassen.«

Viele kamen so, und Pastor Flemming sagte zu seiner Frau: »Wenn überall in Preußen so wie bei uns das Volk zu den Waffen greift, so muß es doch einen Sieg geben, denn jeder, der mitzieht, geht mit dem Bewußtsein, daß es eine heilige Sache ist, für die er kämpft.«

Am zweiten Tage, nachdem Hans-Heinrich im Pfarrhaus gewesen war, kam Frau Friederike mit ihrem Sohn. Sie kam mit festem, aufrechtem Schritt, ungebeugt hielt sie das Haupt, dessen Haar völlig ergraut war in diesen Tagen. In ihrem Gesicht standen die furchtbaren Seelenleiden geschrieben, die sie durchlitten hatte. »Ich bringe Ihnen wohl den jüngsten Kämpfer, mein Freund,« sagte sie, den Pfarrer, der ihr rasch entgegengegangen war, an der Gartenpforte begrüßend. »Er ist mein letztes Kind, doch sein Wunsch und unseres Vaterlandes Not treibt ihn fort, so gehe er denn mit Gott, vielleicht vermag mein Segen und mein Gebet, ihn zurückzuführen.«

Dem Pfarrer versagte die Stimme, voll Ehrfurcht küßte er die Hand dieser Frau, die ihrem Vaterland das schwerste Opfer brachte. Mit einem unendlich wehen Lächeln sah sie ihn an, »Mütter müssen leiden, müssen das Glück, Kinder zu besitzen, mit tausend Schmerzen bezahlen, ich leide nicht allein, Tausende tragen in dieser Stunde den gleichen Schmerz!«

Pfarrer Flemming dachte an das Wort, das der Evangelist von Maria, der Mutter Jesu, sagt: »Es wird ein Schwert durch ihre Seele dringen.«

Die Tage, die folgten, vergingen in Aufregung und Unruhe. Die Hausväter, die mit auszogen, bestellten noch in aller Eile Haus und Feld. Es wurde wacker geschafft in diesen wenigen Tagen. Mit viel Abschiedsgedanken und Klagen gaben sich die Kloningkener Bauern nicht ab, auch die Frauen waren tapfer und still. Die Gutsherrin ging ihnen darin freilich mit gutem Beispiel voran. Seit Frau

Friederike dem Sohn die Erlaubnis gegeben hatte, mit in den Krieg zu ziehen, hatte sie kein Wort der Klage mehr verloren. Aufrecht und ungebeugt ging sie durch die Tage, allen denen, die zu ihr kamen mit Bitten und Fragen, wußte sie zu raten und zu helfen. Ja, in der Gegenwart ihres Sohnes beherrschte sie sich so, daß sie sogar ein Lächeln fand; sie wollte ihm den Abschied nicht schwer machen. Und Hans-Heinrich ahnte bei aller Liebe zu seiner Mutter nicht, daß das Opfer, das sie brachte, riesengroß war.

Es wurden viele stille, schwere Opfer dem Vaterlande dargebracht, in den Frühlingstagen von 1813. »Ach, wäre ich doch ein Junge und könnte mitgehen,« seufzte Luise Flemming, als der Vater aus der Spenerschen Zeitung den Seinen vorlas, wie man überall rüstete, und wie viele ihre kostbarsten Sachen dem Vaterlande hingaben. Die Spargroschen, das silberne Hausgerät, ja die Trauringe wurden geopfert. »Alle geben etwas, nur ich habe nichts,« dachte Luise, als sie später in ihrem Stübchen saß und versuchte, ihre dunklen Locken etwas zusammenzubinden.

Dabei fiel es ihr ein, daß der Vater neulich von einem schönen, armen Fräulein erzählt hatte, das sich seine blonden Haare abgeschnitten und sie verkauft hatte, um doch auch ein Scherflein dem Vaterlande geben zu können. Das war noch etwas, und Luise sah im Geiste schon ihre braunen Locken vor dem König liegen. Denn ihrer Meinung nach erhielt alles der König, bekam alles zu sehen und zu hören. Denken und Handeln war bei dem Wildfang Luise meist eins, und die Überlegung kam gewöhnlich mit Reueтränlein hinterher. Auch jetzt überlegte sie nicht lange, geschwind suchte sie eine Schere und dann schnitt sie, ritsch, ratsch, darauflos. Sie säbelte, mit vor Eifer heißen Wangen, in ihren schönen Locken herum, die fielen rechts und links zu Boden, auf ihrem Kopf entstanden Treppen, Lücken, da blieb ein Schöpfchen stehen, da blinkte beinahe die Kopfhaut durch, aber Luise schnitt unbekümmert weiter.

Als alle Haare herunter waren, band sie ein blaues Band um die braune Fülle, und dann lief sie, ohne sich erst noch einmal in dem Spiegel anzuschauen, hinunter. Im Wohnzimmer fand sie niemand, vom Garten her aber tönten Stimmen, und mit gewohntem Ungestüm stürzte sie hinaus. Dort standen, an der schon grün schimmernden Weißdornhecke, die Eltern und Walter mit dem Freiherrn Franz von Seeheim und Hans-Heinrich.

»Aber, Luise, wie siehst du denn aus?« riefen alle erstaunt.

»Ja, Kind, was ist denn mit deinem Kopf geschehen?« fragte die Mutter, sie sah entsetzt auf die angerichtete Verwüstung.

»Ich – ich – wollte doch auch etwas geben,« stammelte Luise, die bei dem allgemeinen Erstaunen ihre fröhliche Sicherheit verlor, und der es sacht zum Bewußtsein kam, daß sie vielleicht unüberlegt gehandelt hatte.

»Johanna von Kloningken,« sagte der Freiherr von Seeheim lächelnd, »es fehlt nur noch, daß unsere kleine Heldenjungfrau mitzieht.«

Die Mutter aber nahm ihrem Kind still die Haare aus der Hand, sie sah ein wenig wehmütig auf die seidige Fülle. Flehend blickte Luise zu der Mutter auf. »Sind Sie böse?« flüsterte sie und schluckte die aufsteigenden Tränen herunter.

»Nein, Kind, du wolltest ja etwas Gutes tun,« sagte Frau Charlotte, sacht über den Strubelkopf der Kleinen streichend. »Daß man auch Opfer mit Vernunft und Nachdenken bringen muß, das wird mein Wildfang schon noch lernen!«

»Ach, Luischen, du bist aber doch ein Prachtmädel,« rief Hans-Heinrich, »wenn du auch augenblicklich greulich aussiehst.«

»Ich glaube, es war sehr dumm,« sagte Luise mit einem tiefen Seufzer in ehrlicher Selbsterkenntnis.

Sie lachten alle, und der Freiherr von Seeheim tröstete: »Na, Mariellchen, für Dummheit kann niemand, vielleicht wächst mit den neuen Haaren die Klugheit gewaltig. Nun gib deine Haare nur her, sie sollen mit nach Königsberg gesandt werden. Du hast schließlich doch gegeben, was du konntest, und es wäre recht, wenn dies alle täten.«

Da trug Luise fortan froh ihren Kahlkopf, und war glücklich, daß sie dem Vaterland ein Opfer hatte bringen dürfen. Renate tat es ihr nicht nach, aber ganz heimlich trug sie alle ihre Ersparnisse der Witwe Kaslowsky hin, damit deren Sohn, der mitziehen wollte, ohne Sorge der Mutter gedenken konnte.

Viel zu rasch für jene, die daheim blieben und ihre Angehörigen ziehen lassen mußten, verging die Zeit, und der Tag des Abschieds kam.

In der kleinen Dorfkirche segnete der Pfarrer die Freiwilligen ein. Es war eine stattliche Schar, die da vor dem Altar kniete, als erste die drei Jüngsten: Hans-Heinrich von Seeheim, Walter Flemming und Franz Ragnit. Die Sonne, die an diesem Tage so warm und hell schien, erfüllte die Kirche mit ihren Strahlen und tauchte die Köpfe der Männer, die ausziehen wollten zum Kampf, in blendendes Licht. Des Pfarrers Stimme zitterte, als er den Segen sprach, als er seine Hand auf seines Sohnes Haupt legte, dessen Augen in feuriger Begeisterung zu ihm aufblickten. Renate und Luise sangen noch einmal den Scheidenden zum Abschiedsgruß den Psalm: »Befiehl dem Herrn deine Wege«, und zum Schluß sang die ganze Gemeinde mit, dann gingen alle still auseinander.

Am nächsten Morgen zogen die Kämpfer fort, und weit über die Feldmark des Dorfes hinaus gaben ihnen die

Zurückbleibenden das Geleit. Nur Frau Charlotte saß bei ihrer Freundin Friederike, die in tränenlosem Schmerz zusammengebrochen war.

Renate und Luise gingen Hand in Hand mit ihren Freunden, über Luise war wieder die Begeisterung gekommen, und am liebsten wäre sie mitgezogen, ihre dunkeln Augen blitzten, und sie versicherte Hans-Heinrich immer wieder: »Ich ginge schrecklich gern mit.« Als es jedoch zum Abschiednehmen kam, da schwand plötzlich wieder ihr tapferer Mut, und weinend hing sie an des Bruders und Freundes Hals. »Grüße meine Mutter, Luise,« sagte letzterer, »und erweise ihr so viel Liebe wie du kannst, versprich es mir!«

Luise nickte. »Ich gelobe es dir,« sagte sie ganz feierlich.

»Und wenn ich wiederkomme, dann wirst du meine Frau, ja, willst du?« fragte Hans-Heinrich, mit halbem Ernst und halbem Lachen.

Da lachte Luise unter Tränen. »Ach ja, Hans-Heinrich, das wird schön!« Sie schmiegte sich fest an ihn und sah treuherzig zu ihm auf: »Komme nur recht, recht bald wieder.«

Renate und Walter gaben sich nur die Hand, leise sagte der Jüngling: »Ich trage dein Amulett bei mir, Renate, ich werde dich nie, nie vergessen!«

Die Zurückbleibenden sahen den Scheidenden nach, solange nur noch ein Schatten in der Ferne sichtbar war, dann kehrten sie still in die Heimat zu ihrer Arbeit zurück. Manche Frau ging in diesem Jahr aufs Feld, führte mit kräftiger Hand den Pflug und versorgte dabei in rastloser Arbeit das Haus, damit der Mann, wenn er heimkehrte, die gewohnte Ordnung fände.

Frau Friederike irrte ruhelos durch Haus und Garten, sie konnte nicht, wie Charlotte Flemming, in stiller Arbeit ihre

Angst und Sorge in der Stille ihres Herzens verbergen. Sie ging an die Lieblingsplätze ihres Sohnes, sie nahm in seinem kleinen Zimmer jedes Stück in die Hand, die Steine, die er gesammelt, die Bücher, aus denen er gelernt hatte, und sie bedeckte all die kleinen Andenken an ihn mit zahllosen Küssen. Sie ging auch in den Stall hinab und schmiegte ihren Kopf an das glänzende braune Fell seines Ponys. Dann wieder irrte sie im Garten umher, sie wollte zu der Bank gehen, auf der sie so oft mit dem Sohne gesessen und seinen kindlichen Plänen gelauscht hatte. Als sie näher kam, gewahrte sie, daß sich auf der Bank etwas Dunkles bewegte, nicht wie ein Mensch, wie ein unförmiger Knäuel erschien es ihr. Sie ging darauf zu und erkannte, daß es Luise war, die Nero, den großen Hund Hans-Heinrichs, umschlungen hielt. Ein leidenschaftliches Schluchzen erschütterte das Kind, in abgebrochenen Tönen klagte es: »Höre doch, Nero, Hans-Heinrich und Walter sind fort, in den Krieg sind sie beide gezogen. O, Nero, wenn sie nicht wiederkommen!«

»Luise, mein Kind!« Erschüttert beugte sich Frau
Friederike über die Kleine, ihre Stimme hatte der noch nie so
sanft geklungen. Sie richtete sich auf und sah in die
traurigen Augen der Frau. Eine Ahnung überkam sie, von
einem Leid, das viel, viel tiefer und schwerer war als ihr
eigener Kummer. Sie schlang zärtlich die Arme um den Hals
der ernsten Frau, und innig, tröstend flüsterte sie: »Tante,
liebe Tante, ich habe es Hans-Heinrich versprochen, ich will

Sie sehr lieb haben, ich will auch ganz still sein und Sie nicht kränken, und immer den lieben Gott bitten, daß er Hans-Heinrich und Walter zurückkommen läßt.«

Frau von Seeheim preßte die Kleine fest an sich, »wir wollen geduldig sein,« sagte sie leise, »und hoffen, daß unsere Lieben heimkehren.«

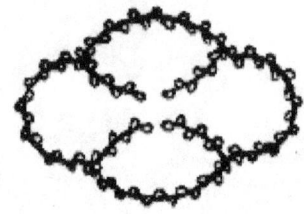

14. Kapitel.
Ein Kapitel, in dem viel von Angst, Sorge und Hoffnung geredet wird.

Die Postverbindung in damaliger Zeit war langsam und durch die Kriegsunruhen im Lande noch doppelt erschwert; dazu waren namentlich die Landleute noch vielfach des Schreibens unkundig, und so geschah es, daß nach dem kleinen Kloningken wenig Nachricht von den Ausgezogenen kam. Einmal schrieb Franz Ragnit, der diese Kunst schon bei Magister Ludwig Fürchtegott Richter erlernt hatte. In dem Brief, den der Magister vorlas, stand: »Liebwertester Vater und liebwerteste Frau Mutter! Ich und Gottlieb sind gesund. Bey einem Dorf, daß sich Groß-Görschen nennt, haben wir den Franzosen ordentlich die Jacke voll gehauen. Der lange Friedrich hat eins in die Rippen bekommen. Es hat ihm keinen Schaden gemacht. Er grüßt Euch. Schmied Strobeck ist auch bey und grüßt auch sein Weib und soll selbige nicht vergessen, die Löcher vom Kuhstall doch mit Stroh frisch zu stopfen. – Unser lieber Herrgott gebe, daß wir die Franzosen bald verjagt haben, womit ich in Ehrerbietung verbleibe

Euer und der Frau Mutter gehorsamer Sohn Georg.« Nachschrift: »Die gute Frau Mutter mag ohne Sorge sein, satt werden ich und Gottlieb. Pfarrers Walter und Herr Junker grüßen mit Gesundheit.«

Der Brief war ein Ereignis im Dorf. Michael Ragnit zeigte ihn jedem, er ging damit zum Pfarrer und der gnädigen Frau und ließ ihn sich von jedem noch einmal vorlesen. Schließlich konnte er und sein Weib ihn auswendig, und seit der Zeit war ihre Achtung vor dem Magister beträchtlich gewachsen. Wie gut, daß der dem Sohn das

Schreiben beigebracht hatte.

Aber auch vom Pfarrhaus und Herrenhaus wurden die Nachrichten, die kamen, im Dorf verbreitet. In dieser schweren Zeit kettete die Not die Bande fester, gleiche Sorge, gleiches Leid vereinte alle. Hans-Heinrich und Walter schrieben einige Male, und aus ihren Worten sprach feurige Begeisterung und die feste Hoffnung auf den Sieg. In einem Brief von Walter Flemming standen einmal die Worte:

»O teurer Vater, so habe ich mir nicht den Krieg gedacht, ich schäme mich nicht, Ihnen und der Mutter zu gestehen, daß Hans-Heinrich und ich nach der Schlacht bei Groß-Görschen schlaflose Nächte verbracht haben, und die schreckensvollen Bilder, die wir gesehen hatten, uns noch verfolgten.« –

Aus der Stadt brachte der Pfarrer die Nachricht mit, daß bei Bautzen eine große Schlacht stattgefunden habe; dann kam die Kunde von einem langen, langen Waffenstillstand.

Eines Tages im Juli hieß es plötzlich: »Kosaken kommen!« Und wirklich kam eine kleine Abteilung auf ihrem Marsche von Rußland nach dem Kriegsschauplatz durch; sie hatten sich von ihren Kameraden abgeteilt, um Lebensmittel aufzutreiben. Auf kleinen, flinken Pferden kamen sie angeritten, ganz Kloningken war auf den Beinen, und scheu starrten die Kinder die seltsamen Erscheinungen an. Die fremden Krieger machten gerade keinen besonders vertrauenswürdigen Eindruck. Sie waren klein, hatten struppige Haare und Bärte, und ihre Kleidung war zum Teil unsauber und unordentlich. Aber trotzdem jubelten ihnen die Leute zu, denn sie sollten ja helfen, dem Vaterland die Freiheit mitzuerringen. Brot, Speck, was man hatte, trug man ihnen freiwillig entgegen, und Luise, voller Begeisterung, brachte einen großen Strauß Zentifolien an, der von dem ersten Offizier lachend in Empfang genommen wurde. Als er sich aber vom Pferde herabneigte und Miene machte, Luise zu küssen, da bekam diese doch einen gewaltigen Schreck vor dem Mann mit den buschigen, schwarzen Brauen über den kleinen, tiefliegenden Augen. Sie versteckte sich hinter ihrem Vater, und sie wurde glühendrot bei dem rauhen Gelächter, das die Soldaten anstimmten. Dem Pfarrer gelang es, eine Art Unterhaltung mit dem Offizier zu führen, der einige französische Worte konnte. Stolz zeigte er auf seine Narben, die glühendrot in seinem gelblichen Gesicht brannten, und sagte: »Smolensk!«

Der Geistliche mußte an seine winterlichen Gäste denken. Bei Smolensk hatte der französische Kapitän sich seine schweren Wunden geholt. So war jeder in seiner Art ein Held gewesen, ein treuer Sohn seines Vaterlandes, vielleicht ein guter, ehrlicher Mensch. Sie hätten vielleicht in Frieden miteinander gelebt, wären Freunde geworden, wenn nicht der Wille eines ehrsüchtigen Eroberers sie gegeneinandergejagt hätte.

Nach dem Durchmarsch der Kosaken trat wieder Stille ein, und unter Hoffen und Zagen schritt der Sommer weiter. Das Korn hatte geblüht, das Korn war gereift, und manche Frau schwang in diesem Jahre die Sense, den goldenen Segen zu mähen. Der Wind strich bereits über die Stoppeln, und aus dem Blättergewirr der Obstbäume leuchteten in bunten Farben die Früchte hervor. Frau Friederike saß jetzt viel im Pfarrhaus, ihre schönen weiten Zimmer schienen ihr verödet, seit Hans-Heinrich fort war. Auch im Pfarrhause war es stiller denn sonst, selbst Luise war ruhiger geworden. Die Ereignisse der Zeit, die Sorge um Bruder und Freund, das bange Hoffen auf Nachricht hatte ihre Lebhaftigkeit gedämpft. Sie saß jetzt oft stundenlang emsig bei einer Arbeit und ging der Mutter auch wie ein sittsames Haustöchterchen zur Hand. Aber dann kamen wieder Stunden, wo die sonnige Heiterkeit ihres Wesens den Ernst durchbrach, wo ihr helles, frohes Lachen durch Haus und

Garten schallte. Frau Friederike, die sonst gerade die sprudelnde Lustigkeit Luises so oft getadelt hatte, liebte sie jetzt darum; immer mehr und mehr schloß sie das Mädchen in ihr Herz. Stundenlang saß Luise neben ihr und plauderte, und immer war der Schluß ihrer Worte: »Hans-Heinrich kommt wieder; er und Walter, beide als Sieger!«

Ach, und die geängstigte Mutter hoffte so gern, schöpfte so gern Trost aus Luises kindlicher Zuversicht. Renate sah es wohl, wie die Freundin der Tante immer mehr ans Herz wuchs, und in ihrer selbstlosen Bescheidenheit fand sie es ganz natürlich. Es war ihr aber oft weh ums Herz und sie fühlte sich einsamer als je. Ihr Freund Walter fehlte ihr, niemand hatte sie so gut verstanden, als der ernste, kluge Jüngling. Ihre Sehnsucht, ihren Kummer suchte sie durch Arbeit zu bekämpfen. Pfarrer Flemming hatte ihr den Weg gewiesen, als er einmal zufällig davon gesprochen hatte, daß es die Mütter der kleinen Kinder in diesem Jahre besonders schwer hätten. Sie hatten wenig Zeit, sich um ihre Kleinen zu kümmern, die größten Kinder mußten fleißig in Haus und Feld helfen, und Magister Richter hatte beinahe ununterbrochen Ferien. Renate nahm sich nun der Kleinsten an, und da ihre Tante ihr nicht wehrte, versammelte sie die Kinder so oft sie konnte um sich, entweder draußen im Garten oder bei Regenwetter in der großen Halle des Herrenhauses. Luise half der Freundin, dann ging es freilich laut genug zu, denn Luise fand die wildesten Spiele besonders schön. Manchmal, wenn Renate zur Stille mahnte, sagte sie wohl seufzend: »Nein, Herz, so gut wie du versteht es niemand, die kleinen Quälgeister in Ordnung zu halten.«

Wirklich erfüllte auch Renate, mit einem für ihre Jugend seltenen Ernst, die freiwillig übernommenen Pflichten. Sie ließ sich durch nichts abhalten, und beinahe zögernd folgte sie an einem Oktobertag der Aufforderung ihrer Tante, mit ihr einen Besuch in Schönheide abzustatten. Sie war froh, als Frau Charlotte, die ihr schüchternes Zögern merkte, sich erbot, an ihrer Stelle die Kinder zu überwachen. Da fuhr sie freilich gern mit Frau Friederike und Luise nach dem Nachbargut.

Es war ein stiller, trüber Herbsttag, an dem die Sonne nicht recht die Wolkenschleier zerreißen konnte. »Wir wollen durch den Wald zu Fuß wandern,« sagte Frau von Seeheim auf dem Heimweg. Sie ließ den Wagen voranfahren und ging mit den beiden Mädchen die stillen Waldwege. Anfangs sprachen sie alle drei von Schönheide, von den lieben Menschen dort, allmählich aber verstummte das Gespräch. Selbst die lebhafte Luise schritt still einher. Sie dachte daran, wie sie im vergangenen Jahre zur gleichen Zeit mit Hans-Heinrich und ihrem Bruder durch den Wald gelaufen war. Da hatten sie gelacht und gescherzt, hatten mit den Füßen im welken Laub geraschelt, und heute war es so still, Freund und Bruder waren fern.

Von der Erde stieg ein feiner Modergeruch auf, und weiße Nebelstreifen schwebten zwischen den dunkeln Stämmen wie flatternde Schleier. Der Wind schwieg, dennoch rieselten unablässig die gelben Blätter von den Bäumen herab, still und lautlos sanken sie zu Boden, sie webten der Erde einen dichten bunten Teppich. Plötzlich unterbrach ein gellender Schrei die Stille, ein Raubvogel flog kreischend empor, und ferne verklang der klagende Ruf einer Wildtaube. Ängstlich schmiegte sich Luise an Renate an, »mir ist so bange heute,« flüsterte sie, leicht zusammenschauernd. Frau von Seeheim hatte dieses »mir ist so bange« gehört, und das Wort fand einen Widerhall in ihrem Herzen. Auch sie hatte eine seltsame Bangigkeit erfaßt, eine heiße Angst um ihren Sohn quälte sie, daß ihr, der sonst so Gefaßten, die Tränen in die Augen stiegen. Sie zog die Mädchen mit ungewohnter Innigkeit an sich, und so, fest aneinander geschmiegt, gingen sie durch den herbstlichen Wald.

Als sie heraustraten, war es bereits dämmerig geworden und dichter floß der Nebel über Wiesen und Felder. Schon verschwand die Ferne in Grau, und über Kloningken sanken die Abendschatten nieder. »Wir wollen eilen,« sagte Frau Friederike unruhig. »Vielleicht ist irgendeine Nachricht gekommen, vielleicht ist heute etwas geschehen!« Und wie vorher Luise, sagte auch sie jetzt: »Mir ist es so bange heute.«

Es war aber kein Bote eingetroffen, und die Gutsherrin ging ins Pfarrhaus, um sich Trost in dem friedlichen Kreise zu holen, aber auch dort traf sie sorgenvolle Mienen. Der Pfarrer erzählte, daß er in der Kreisstadt beim Posthalter gewesen sei, dort habe man davon gesprochen, daß in Sachsen sich die feindlichen Heere zusammengezogen hätten, man erwarte eine große Schlacht.

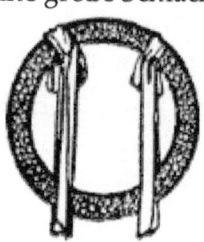

15. Kapitel.
Bei Leipzig.

Um die gleiche Stunde lag, weit von Kloningken entfernt, im Sachsenlande, in der Nähe eines Dorfes, ein Trupp Soldaten. Sie hatten sich an einem Graben eine Art Schanze gemacht und lagen flach an der Erde, ringsum wallten die ersten Nebelschleier der beginnenden Dämmerung, ein dumpfes Krachen und Brausen erfüllte die Luft, und rings am Horizont loderten die Feuersäulen auf.

Es war der 16. Oktober 1813, um die Orte Markleeberg, Wachau und Liebertwolkwitz tobte der Kampf, denn die verbündeten Heere waren mit Napoleons Armee zusammengetroffen, und jene Riesenschlacht begann, die unter dem Namen der Schlacht bei Leipzig ruhmvoll in der deutschen Geschichte verzeichnet ist.

Seit einer Stunde bereits lag die kleine Abteilung Soldaten auf dem feuchten Boden, sie hatten den Befehl, ein gegenüberliegendes Gehölz zu bewachen und, wenn möglich, das Vordringen der Feinde von dort her, so lange es ging, zu verhindern. »Sterben kann man hier vor Langerweile,« brummte ein graubärtiger Wachtmeister, »lieber ließ ich mir die blauen Bohnen um die Ohren pfeifen, als hier im Schlamm zu liegen, und dabei läßt sich keine Katze sehen.« Er stieß einen Soldaten an, der erschöpft von dem langen Liegen und den anstrengenden Märschen der vergangenen Tage eingeschlafen war. »Heda, jetzt ist keine Zeit zum Schlafen, wachen, wachen heißt es, der Schlaf kommt vielleicht früher als manchem lieb ist!«

Ein junger Fähnrich hob seinen dunkeln Kopf, und seine Augen sahen gespannt nach jenem Gehölz hinüber. Er flüsterte seinem Kameraden zu, der neben ihm auf der feuchten Erde lag: »Hans-Heinrich, siehst du nichts? Mir ist es immer, als rege sich dort zwischen den Bäumen etwas.«

Der Angeredete schüttelte den Kopf. »'s ist nichts wie Dunst und Nebel, ich glaube, wir können noch die ganze Nacht liegen, während die anderen jetzt mitten im Kampf stehen.«

Wieder trat Stille ein, jeder hing seinen Gedanken nach, und der Schläfer von vorher hatte wieder die Augen geschlossen und träumte.

»Dort, jetzt regt sich etwas, ich sehe es,« flüsterte der Fähnrich plötzlich hastig.

»Wo, Flemming?« Der Leutnant, der den Trupp kommandierte, wandte sich an diesen.

»Dort!« Walter Flemming zeigte auf eine Stelle, wo die Bäume etwas weiter auseinanderstanden.

»Keiner darf sich rühren, die Gewehre schußbereit halten,« befahl flüsternd der Offizier, und flüsternd pflanzte der Befehl sich von Soldat zu Soldat.

Minute auf Minute verging, es wurde dämmeriger. Da plötzlich war es, als fingen die Bäume des Waldes an, sich zu regen, es war als führten sie einen Tanz auf, und dann lösten sich dunkle Gestalten heraus und kamen näher. Aber wie das Brausen des Sturmes empfing sie jäh das Geknatter von Schüssen. Sie schrien auf in der Überraschung, sie drängten zurück, einige stürzten, und nun schwieg das Feuer sekundenlang.

Da drängten die Feinde wieder vor, kampfbereit, entschlossen stürmten sie vorwärts, sie erwiderten die Schüsse, und immer mehr und mehr dunkle Gestalten kamen aus dem Walde empor.

Die kleine Schar der Preußen focht löwenmutig gegen die Übermacht der Feinde. Einer nach dem andern fiel. Keiner kümmerte sich darum, sie stürmten voran, vorwärts, nur vorwärts.

Da plötzlich klang's hinter ihnen wie Hurrarufen. »Die Unsern,« schrie der Offizier, ein Schuß traf ihn, »vorwärts,« rief er noch und sank zu Boden.

»Vorwärts!« Hans-Heinrich von Seeheim stürzte todesmutig vor. Ein Schlag traf ihn an den Fuß, er taumelte, raffte sich wieder auf. Da stürzte ihm der Helm vom Kopf, plötzlich lief es ihm warm über das Gesicht, es flimmerte ihm vor den Augen, er stürzte zu Boden.

Er hörte Trompeten blasen, das Hurrarufen der Deutschen, dann, dicht neben ihm klang sein Name. Mit Anstrengung öffnete er die Augen und sah über sich geneigt Walter Flemmings Gesicht. Ein Freudenstrahl glitt über des Todwunden Züge. »Grüße meine Mutter – Kloningken – alle,« murmelte er und schloß die Augen.

Walter Flemming warf noch einen Blick auf den Freund, keine Möglichkeit, ihn aus dem Getümmel zu tragen, ehe er noch recht zur Besinnung kam, rissen ihn die Nachstürmenden fort, weiter, immer weiter, hinein in den Kampf.

Drei Tage noch tobte die furchtbare Schlacht. Das Donnern der Geschütze vermischte sich mit dem Geschrei der Kämpfenden, dem Stöhnen der Verwundeten, und blutigrot beleuchteten die brennenden Dörfer das trostlose Bild. Napoleon mußte fliehen. Die siegreichen Verbündeten zogen in Leipzig ein, und die schwergeprüfte Bevölkerung empfing mit dankbarem Jubel die Sieger.

Es war am Nachmittag des 19. Oktober. Durch das Grimmaische Tor ritten die Truppen in die Stadt ein, eine Anzahl Offiziere, darunter ein bayrischer Leutnant, waren genötigt, mitten in der Straße zu halten, denn ein Transport

Verwundeter versperrte ihnen den Weg. Tote lagen auf der Straße und Verwundete klopften, um Einlaß flehend, an die zum Teil mit Holz vernagelten Türen und Fenster. Es war ein schauriges Bild.

Ernst sah der junge Bayer darauf nieder, und vorsichtig hielt er sein Pferd, damit es nicht auf die Körper der am Boden Liegenden träte. Nachdrängende Truppen stürmten vor, und minutenlang stand er fest eingekeilt, unfähig, sich zu rühren. Ein umgestürzter Wagen lag zur Seite, eine Anzahl Verwundeter waren auf die Straße gestürzt, und niemand war da, der sie aufhob, in wenigen Minuten waren vielleicht die Wagen und Pferde der Nachkommenden über sie hinweggegangen.

Dicht vor dem Pferd des bayrischen Offiziers lag ein Verwundeter, oder war es ein Toter. Unwillkürlich beugte sich der Offizier herab, er sah in ein feines, schmales Knabengesicht. Das kam ihm bekannt vor, er mußte es schon gesehen haben, nicht so starr und bleich, blühend und frisch.

Eine Lücke entstand in dem Gewühl vor ihm. »Rasch vorwärts,« rief ein Kamerad ihm zu. In diesem Augenblick wußte der Offizier, wer der Verwundete vor ihm war, – Hans-Heinrich von Seeheim.

Blitzschnell bog er sich herab und riß den Jüngling zu sich empor, und schon ging es weiter, wie eine Vision sah er noch ein altes Männergesicht, blaß, starr, das alte Gesicht kannte er auch, es war der Vogt von Kloningken.

»Wenn Sie anfangen wollen, Tote zu sammeln, werden Sie heute nicht fertig werden,« sagte ein höherer Offizier und schaute finster vor sich hin.

Leutnant von Lühenaar ließ sich nicht beirren, er nahm den Geretteten vor sich aufs Pferd, und so bahnte er sich langsam einen Weg durch die Stadt. Aus einer Wunde am Knie quoll dem Jüngling noch immer das Blut, da riß der

Offizier seine Schärpe herab, er versuchte, so gut es ihm in der schwierigen Lage gelang, das Tuch auf die Wunde zu pressen; auf dem blassen Gesicht aber erschien kein Leben, unbeweglich lag Hans-Heinrich in seinem Arm.

Weiter hinein ging's in die Stadt. Es war ein furchtbares Getümmel, ein Schreien und Tosen, und von ferne tönte noch immer dumpfes Rollen, noch immer stand ein mattes Rot am Himmel. Leutnant von Lühenaar erbat sich einen kurzen Urlaub, um seinen Schützling unterzubringen. In den Spitälern jedoch herrschte eine solche Überfüllung, und immer neue Transporte mit Verwundeten kamen an, daß er bald die Unmöglichkeit einsah, Hans-Heinrich dort ein Unterkommen zu schaffen. Er ritt nun von Haus zu Haus und bat um Aufnahme, aber überall waren die Plätze, die man hatte, längst besetzt. Viele Türen, an die er klopfte, blieben auch verschlossen, die Bewohner wußten in ihrer Angst nicht mehr, wer Freund und wer Feind war.

Der Abend brach herein. Verzweifelt sah der Offizier sich um, er hielt in einer schmalen Gasse, die von der Petersstraße sich abzweigte, auch hier schleppten sich Verwundete von Haus zu Haus. Schwer wie Blei lag der Jüngling in seinem Arm. Er fühlte nach seiner Hand, vielleicht war es ein Toter, den er da herumtrug. Aber noch klopfte leise der Puls, noch war Leben in ihm. Und der junge Offizier dachte an die stillen Tage in Kloningken, an sein eigenes Schmerzenslager, und fester nahm er Hans-Heinrich in seinen Arm, er mußte ihn retten. Er klopfte wieder an die Türen, endlich wurde ihm geöffnet und eine schlanke, schwarzgekleidete Frau trat mit einer kleinen Laterne auf die dunkle Straße hinaus.

»Madame,« rief Leutnant von Lühenaar rasch, »haben Sie Erbarmen. Geben Sie dem Jüngling hier einen Platz, ich muß zurück zu meinem Regiment und kann nirgends ein Unterkommen finden, helfen Sie mir, Madame, alle Spitäler sind überfüllt!«

»Kommen Sie näher,« sagte die Frau, »ich wollte mir eben noch einige Pfleglinge suchen, ich habe noch Platz in meinem Hause.« Kaum hatte sie diese Worte gesagt, als sich schnell zwei Soldaten herandrängten, der eine schleifte den Fuß nach, der andere hatte ein schmutziges Tuch um den Kopf gebunden. »Nehmen Sie uns auf,« riefen sie. Sie taumelten zwar erschrocken zurück, als sie den Offizier gewahrten, die Frau aber sagte ruhig: »Ich habe Platz für alle.« Sie öffnete die Tür, eine alte Magd kam zur Hilfe, und die beiden Frauen hoben Hans-Heinrich aus des Offiziers Armen, während die beiden Soldaten über die Schwelle schwankten. Leutnant von Lühenaar band sein Pferd an den eisernen Ring der Haustür und trat dann ein, er war froh, daß er dieses Asyl für seinen Schützling gefunden hatte.

In einem hellgetünchten, schlichten aber sauberen Zimmer waren Betten aufgestellt, und in einem Nebenzimmer lagen bereits drei Verwundete. »Ich nahm sie gestern auf,« sagte die Frau schlicht. »Es sind Franzosen. Mein Mann ist Arzt, Professor an der Universität, er ist in das Spital gegangen, um dort zu helfen, mir hat er die Pflege hier überlassen, aber wir haben so viele Zimmer, da erschienen mir drei Kranke zu wenig.«

Leutnant von Lühenaar drückte ihr dankbar die Hand und half ihr noch seinen Schützling betten, dabei sagte er ihr kurz dessen Namen und Heimat und erzählte, wie man ihn selbst dort einst gepflegt hatte.

»So jung ist er noch, ein Kind beinahe,« sagte die Frau, sie strich mütterlich sanft über das blasse Gesicht. »Und einer Mutter letzter Sohn ist es, sagen Sie; seien Sie ohne Sorge, was meine schwachen Kräfte vermögen, soll geschehen, aber ich fürchte, es steht nicht gut mit ihm.«

Der Offizier nahm Abschied. Am nächsten Tage schrieb er

129

an Pfarrer Flemming und meldete, wie er Hans-Heinrich gefunden hatte, und daß dieser in guter Hut sei. Er selbst konnte nicht noch einmal nach ihm sehen, denn seine Pflicht rief ihn fort, bereits am andern Tage mußte er Leipzig verlassen.

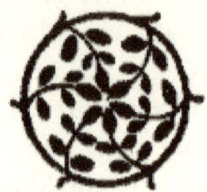

16. Kapitel.
Eine Siegesbotschaft.

Damals trug der Telegraph nicht wie heute die Kunde des großen Sieges ins Land, es dauerte Tage und Wochen, ehe die Nachricht überallhin gelangte, auch nach dem kleinen Kloningken kam sie viele Tage später. Ein trüber, dunkler Tag war es, an dem der Regen in Strömen vom Himmel floß, da kam von der nahen Stadt ein Bote, der den Sieg im Gutshaus meldete. Wenige Minuten später wußte das ganze Dorf davon, und die Nachricht rief eine unbeschreibliche Aufregung hervor. Die sonst so ruhigen, wenig zu Gefühlsäußerungen neigenden Dorfbewohner brachen in Jubel aus, weinend vor Freude fielen sie einander in die Arme. Magister Richter lief, so schnell es seine vor Aufregung zitternden Füße erlaubten, zur Kirche, der alte Mann riß mit aller Macht am Glockenseil, daß es laut in das Land hineintönte. »Sieg, Sieg, Sieg!«

Magister Richter zieht das Glockenseil

Die Leute von Kloningken strömten zur Kirche wie sie
waren, in ihrer Arbeitskleidung, aus allen Häusern kamen
sie daher, niemand wollte in dieser Stunde fehlen. Die
Mütter kamen mit ihren Kleinen auf dem Arm, die

Großmutter Romeike humpelte an ihrem Stock daher, und der alte Scharwerker Stefan, der seit Jahren nicht weiter gekommen war, als bis zu der Bank vor seinem Hause, ließ sich von seinen Enkeltöchtern zur Kirche geleiten. Von der Kanzel herab verlas Pfarrer Flemming die Siegesbotschaft, kurz und heiß, aus tiefstem Herzen kommend, war das Dankgebet, das er sprach, und kniend betete die Gemeinde mit, aber leise mischte sich in Dank und Jubel hinein die angstvolle Frage: »Wie mag es den Unsrigen ergehen?«

Erst am Nachmittag des fünften Tages nach der Siegesbotschaft kam der Brief Leutnants von Lühenaar nach Kloningken, der meldete, Hans Heinrich lebt, aber er ist schwer verwundet. Frau Friederike brach zusammen, als ihr Charlotte Flemming die Nachricht überbrachte. Sie hatte immer geglaubt, es könne nicht geschehen, Gott könne ihr nicht den letzten Sohn nehmen, nun riß diese neue Trauerkunde die alten Wunden wieder auf. Vergebens war das Mühen der treuen Freunde, ihr Trost zuzusprechen, noch sei der Sohn am Leben, noch sei die Hoffnung nicht verloren, aber kein Trost fand anfangs den Weg zu dem Herzen der verzweifelten Frau. »Er stirbt, er stirbt,« so jammerte sie nur immer, und Charlotte Flemming saß die Nacht bei ihr und sprach immer wieder von der Hoffnung, die noch sei, bis die verzweifelte Frau ruhiger wurde und überlegte, was sie tun könne.

Während so die Pfarrerin der Freundin Trost zusprach, war ihr das eigene Herz sehr schwer, Hans-Heinrich war verwundet, aber er lebte und befand sich in guter Pflege, wo aber war Walter? Von ihm war keine Kunde ins Elternhaus gedrungen, was war sein Schicksal?

Charlotte Flemming aber war eine jener starken Naturen, die nie laut klagen, die in der Stille ihres Herzens ihr Leid tragen und dabei unermüdlich sind in treuer Pflichterfüllung, die nach jedem Leidenssturm, der über sie hinweht, uns schöner erscheinen in ihrer schlichten Größe. So fand sie auch jetzt die Kraft, über die eigene Sorge hinaus an andere zu denken. Und ihr Denken und Sorgen war notwendig. Frau von Seeheim hatte nur den einen Gedanken, den, so bald als möglich zu ihrem Sohne zu eilen. Der Pfarrer riet ab, denn eine solche Reise war beschwerlich und nicht ohne Gefahren. Der Mutter aber schienen alle Hindernisse klein, sie hatte nur die eine Sehnsucht, den Sohn wiederzusehen. Zuletzt stimmte ihr der Pfarrer zu, ja, er bot sich zu ihrer Begleitung an, er wollte dabei gleich versuchen, Nachrichten von Walter zu erhalten, denn von diesem hatten die Seinen noch nichts gehört. Es wurde der Pfarrerin nicht leicht, ihren Mann diese beschwerliche Reise antreten zu sehen, aber sie hielt ihn nicht durch Bitten zurück, sondern traf umsichtig die notwendigen Vorbereitungen. Der Geistliche fuhr noch am gleichen Tage nach der nächsten Stadt, um alles zu besorgen, und auch nach einem Vertreter Umschau zu halten; so sehr er auch eilte, so vergingen doch einige Tage, ehe er zur Reise bereit war. Tage waren es, die für Frau Friederikes angsterfülltes Herz lang wie Jahre währten, in denen sie rastlos durch ihre Zimmer eilte und Anordnungen gab, die sie nach wenigen Minuten bereits wieder änderte. Zuletzt kam Charlotte Flemming, sie sorgte in ihrer stillen Ruhe dafür, daß alles Nötige verpackt wurde, und daß Jungfer Karoline Weisungen erhielt, denn es konnten Wochen vergehen, ehe ihre Herrin heimkehrte.

Auf Renate und Luise hatte die traurige Kunde einen tiefen Eindruck gemacht, die ohnehin stille Renate sprach kaum noch ein Wort, sie half mechanisch der Jungfer Karoline bei den Vorbereitungen, aber ihre Gedanken waren so weit fort, daß sie alles verkehrt anstellte. Da ließ die Jungfer, die selbst herzlich traurig über den Kummer ihrer Herrin war, sie aufhören. Dann ging Renate in ihr Stübchen und starrte mit tränenlosen Augen vor sich nieder, oft kam ein leichter Schritt herauf, Luise war es, Luise mit rotgeweinten Augen und unerschütterlicher Hoffnung im Herzen. Luise, die in diesen Tagen überall war, sie saß bei Frau Friederike und weinte mit ihr und versicherte: »Hans-Heinrich müsse gesund werden!« Sie huschte hinter ihrer Mutter her und küßte deren Hand. »Walter kommt wieder, Mutterchen, glauben Sie es doch.« Sie ging mit Jungfer Karoline, mit der sie längst wieder gut Freund war, in die Vorratskammer und erzählte dort, auf einem Backtrog sitzend, die wundersamsten Geschichten, wie Leute aus schwerer Gefahr errettet wurden. Sie saß bei Stine Strobeck und sprach mit ihr über den Sieg und sagte treuherzig: »Euer Mann kommt wieder, es ist ja gar nicht anders möglich.«

An einem trüben, naßkalten Novembermorgen stand die altmodische, schwerfällige Kutsche, die noch aus der Großeltern Zeiten stammte, zur Abfahrt bereit und beinahe das ganze Dorf war versammelt, um der Abreise der Gutsherrin und des Pfarrers beizuwohnen. Diejenigen, die Angehörige im Kriege hatten, trugen Grüße auf, ja, in dem großen Koffer der gnädigen Frau lag sogar eine Speckseite und eine Wurst, die Michael Ragnit und sein Eheweib aus ihrem, in dieser harten Zeit selbst recht dürftigen Vorrat mitgegeben hatten. »Für die, die es not haben,« sagte die Bäuerin, »findet der Herr Pfarrer meine Jungen nicht, so gesegne es Gott einem andern.«

Die alte Marie Romeike kam, und ihre gekrümmten Finger umschlossen einige alte polnische Silbergulden.

»Nehmen gnädige Frau Baronin es mit,« bat sie, »damals wollte mein Sohn das Geld nicht, aber nun kann er es vielleicht brauchen.«

Im letzten Augenblick kam noch Stine Strobeck, die Schmiedsfrau, an, sie trug ein dickes graues Bündel unter dem Arm, erst wischte sie sich den Schweiß mit der Schürze vom Gesicht, dann stammelte sie: »Wenn Gnaden, die Frau Baronin so gnädig wären, dem Franz das Tuchchen mitnehmen, ich weiß nicht, ob es unten bei den Franzosen nicht recht kalt ist, und – und ein schönes Grußchen auch.« Sie knickste noch, als sich der Wagen längst in Bewegung gesetzt hatte, und ihre Gönnerin, Jungfer Karoline, führte sie endlich fort.

Der Wagen fuhr ganz langsam, Frau Charlotte ging noch einige Schritte nebenher, mit ihr Renate und Luise. Im Wagen aber saß Fritzchen auf seines Vaters Knien und schaute mit seinen großen Kinderaugen von einem zum andern, er verstand noch nicht den Ernst dieser Stunde, aber da er alle so traurig sah, war ihm sein kleines Herz auch schwer geworden. Endlich mußte doch geschieden werden, die Zeit drängte, in der Stadt wartete die Extrapost auf die Reisenden. »Der liebe Gott schütze euch!« Mehr konnte Frau Charlotte nicht sagen, ein tapferes Lächeln aber lag auf ihrem Gesicht, sie wollte nicht zeigen, wie schwer ihr der Abschied wurde.

Der Kutscher zog die Zügel an, die Pferde setzten sich in Trab und fort ging es; auf dem holprigen Wege schwankte der Wagen hin und her und bald entschwand er im Nebel den Blicken der Zurückbleibenden. Still ging die Pfarrerin mit den drei Kindern dem Hause zu, Renate sollte während der Tante Abwesenheit bei ihr bleiben.

Im Hause ging alles seinen gewohnten Gang, auf dem Gesicht der Hausfrau lag immer die gleiche freundliche Güte, und sie hatte ein williges Ohr für die Dorfbewohner, die mit ihren großen und kleinen Leiden zu ihr kamen. Während sie so immer für andere sorgte, wurde in ihrem Herzen die Angst um den Sohn immer größer, ein Tag nach dem andern verging und keine Nachricht von Walter traf ein.

Einmal, wenige Tage nach ihres Mannes Abreise, saß Frau
Charlotte allein in ihrem Zimmer und betrachtete wehmütig
ein kleines, auf Elfenbein gemaltes Bildchen, es stellte Walter
dar, Friederike von Seeheim hatte es ihr einst zu gleicher Zeit
mit dem ihres Sohnes von einem Königsberger Künstler
malen lassen. Die Hand der Mutter zitterte, die das Bild
hielt, und ihre Lippen preßten sich darauf, sie war so in den
Anblick versunken, daß sie nicht das leise Geräusch an der
Tür hörte, und erst ein schluchzender Ton ließ sie
aufschauen. Da sah sie dicht hinter sich Renate stehen, der
die hellen Tränen über das Gesicht liefen. »Mein liebes Kind,
was ist dir?«

Charlotte Flemming bekämpfte tapfer ihren eigenen
Schmerz und zog liebreich das Mädchen an sich.

»Ich weiß, o, ich weiß, daß Walter nie wiederkommt,« rief
Renate leidenschaftlich, »mir ist so bang um ihn.«

Das sonst so ruhige, scheue Mädchen war wie

umgewandelt, und Frau Charlotte enthüllte sich in dieser Stunde, wie groß die Liebe dieses Kindes zu ihrem Sohne war; ihr einsames Herz hatte sich mit all seiner tiefen Innigkeit dem Kameraden zugewandt. Der zarte Körper des jungen Mädchens litt unter diesem heftigen Schmerz: Fieber stellte sich ein, sie empfand einen Widerwillen gegen jegliche Nahrung, und die Pfarrerin hatte sorgenvolle Tage, bis es endlich ihren liebevollen Trostworten und Luises Plauderworten gelang, die Leidende etwas aufzurichten. Luise besaß noch die ganze Hoffnungsfreudigkeit des Kindes, bei ihr stand es fest, daß Walter und Hans-Heinrich gesund wieder heimkehren würden. Mit ihrer sieghaften Beredsamkeit sagte sie dies immer und immer wieder, und es gelang ihr auch oft, Mutter und Freundin hoffnungsvoller zu stimmen. »Ein Brief konnte verloren gegangen sein, Walter war gewiß frisch und munter, Vater findet ihn sicher in Leipzig,« tröstete sie.

»Wenn Walter gesund ist, erfährt Vater es bei seinem Regiment, ist er aber verwundet, wer weiß, ob ihn Vater findet, Leipzig ist eine große Stadt,« sagte die Mutter einst, »da ist es nicht so leicht, jemand zu finden, wie in userm Kloningken.«

Luise, die in ihrem jungen Leben noch nicht weit über die Kloningkener Feldmark hinausgekommen war, breitete ihre Arme weit aus. »So, so viel größer sicher, ich glaube es, aber Sie können sich darauf verlassen, unser Vater findet sich zurecht, wenn er kommt, dann sagt man ihm schon Bescheid!«

Unwillkürlich mußte Frau Charlotte über ihr kleines naives Mädel lächeln. »Tausende von Menschen sind dort, und wohl so viele, viele Verwundete, wer kann sie alle kennen, und Vater ist dort völlig unbekannt, wohl kein Mensch, der ihn kennt.«

Dies leuchtete Luise nun nicht völlig ein, ihr Vater, der

Inbegriff aller Weisheit für sie, sollte dort unbekannt sein, man sollte nicht wissen, wer Pfarrer Flemming aus Kloningken sei, nachdenklich saß sie lange, dann leuchtete es in ihren Augen auf, und erleichtert sagte sie: »Ach, so furchtbar viele Häuser werden schon nicht dort sein, daß Vater nicht überall hineingehen kann und fragen, na, und der dortige Pfarrer wird ihm auch schon helfen.« Und die felsenfeste Überzeugung, daß ihr geliebter Vater den Bruder finden würde, blieb ihr Trost. Sie war es auch, die zuerst den Boten traf, der einen Brief brachte, einen Brief, der Walters Handschrift zeigte. Mit einem lauten Jubelruf rannte Luise in das Zimmer, in dem die Mutter, Renate und Fritzchen saßen: »Walter lebt, Walter lebt, er hat geschrieben,« jauchzte sie.

Ja, er lebte wirklich, er war auf dem Marsch nach Frankreich, und er schrieb von der großen Schlacht, die ihm nur eine kleine Wunde gebracht hatte. Nun lag er in einem Quartier in der Nähe von Frankfurt, und er schrieb: »Wir alle möchten je eher je lieber nach Frankreich ziehen, und unser Blücher möchte es auch, aber wer weiß, wann wir über die Grenze kommen.« Walter schrieb auch, daß Hans-Heinrich gefallen sei, daß der Freund gerettet war, wußte er noch nicht, und die Mutter teilte es ihm gleich mit.

»Siehst du, Walter lebt doch, er ist gesund,« jubelte Luise immer wieder, wenn sie mit Renate zusammensaß.

»Aber er ist noch immer im Kriege,« sagte diese leise, »er zieht nach Frankreich, wer weiß ob er heimkommt?«

17. Kapitel.
Wiedersehen.

Die Reisenden hatten ziemlich gut Berlin erreicht, dort rasteten sie einige Stunden. Diese benutzte Frau Friederike, um einen Freund und früheren Vorgesetzten ihres Mannes aufzusuchen, einen alten General, der invalid war und den Feldzug nicht mehr hatte mitmachen können. Der alte Herr empfing sie mit großer Herzlichkeit, als sie von ihrem Sohn erzählte, und daß er verwundet in Leipzig liege, da nickte der alte Weißbart, und in seinen hellen Augen leuchtete es auf, »braver Junge,« rief er, »braver Junge, ganz wie sein Vater!« Bereitwillig gab er seiner Besucherin mehrere Schreiben an verschiedene höhere Offiziere mit, von denen er glaubte, sie könnten ihr nützlich sein, und verabschiedete sich dann mit großer Herzlichkeit. Er bat sie noch, wenn möglich, ihm auf der Rückreise Hans-Heinrich vorzustellen.

Von Berlin aus wurde die Reise beschwerlicher, regnerisches, kaltes Wetter hatte die Wege noch schlechter gemacht und hier mehrten sich auch die Spuren des Krieges, über Dennewitz und Zahna ging es und niedergebrannte Häuser, verwüstete Dörfer bezeichneten die Straße. Hin und wieder kamen ganze Züge von Landleuten, sie führten einen Teil ihrer ärmlichen Habe bei sich, denn sie zogen aus ihren zerstörten Wohnstätten fort, um für den Winter ein Unterkommen zu finden. Oft konnten die Reisenden nicht weiter, da keine frischen Pferde vorhanden waren, und Frau Friederike verzehrte sich vor Ungeduld, ihrem Ziele näher zu kommen. Die traurigen Szenen, die sie sah, vernichteten ihren Mut, und die Angst um ihren Sohn wuchs. Endlich näherten sie sich Leipzig, eine weite Ebene dehnte sich um die Stadt, unaufhörlich rieselte der Regen auf die Stätten des

Jammers nieder. Noch sahen die Reisenden Gefallene auf der braunen Erde liegen, in der Ferne sahen sie dunkle Gestalten, die eifrig gruben, dort wurden die Toten in Massengräbern beigesetzt.

Pfarrer Flemming, der noch nichts über das Schicksal seines Sohnes wußte, schauerte zusammen. Über seine eigene Sorge hinaus dachte er aber auch an den namenlosen Jammer, an die ungezählten Tränen, die um diese Toten flossen. Und dann überkam ihn in allem Leid wieder eine tiefe, unendliche Freude über diese Söhne des Landes, die so mutig dieses große Werk vollbracht hatten.

Es war Mittag, als die Reisenden durch das Hallesche Tor in Leipzig einfuhren, die Post rasselte durch die Straßen, und der Schwager auf dem Bock blies ein fröhliches Liedchen. Hier in der Stadt sah man weniger als in der Umgebung von den Folgen der furchtbaren Schlacht, hier bargen die Häuser das Leid, denn es waren viele Häuser, in denen noch Verwundete untergebracht waren. Für Frau von Seeheims Unruhe ging alles viel zu langsam, sie ließ ihrem Begleiter kaum Zeit, für das Gepäck zu sorgen, und endlos erschienen ihr die Straßen, durch die sie gehen mußten, ehe sie das bezeichnete Haus erreichten. Sie fanden sich leicht zurecht, da man ihnen auf ihre Fragen freundlich Auskunft gab, und bald standen sie vor dem schmalen, grauen, mit altmodisch spitzem Giebel gezierten Hause und ließen den Klopfer an die Türe fallen. Eine ältere, freundlich aussehende Magd öffnete und führte sie in ein zur Seite des Flurs gelegenes Zimmer. Dasselbe war dem Geschmack der Zeit entsprechend eingerichtet, steife Möbel füllten es an, einige schöne Kupferstiche an den Wänden und Efeu an den Fenstern machten es behaglich. Einige Zeit verging, der Pfarrer hatte der Magd ihre Namen gesagt, und nun harrten beide voll Angst, was die nächsten Minuten ihnen bringen würden. Endlich öffnete sich eine Tür und die Frau des

Hauses stand auf der Schwelle. »Er lebt!« rief sie Frau Friederike entgegen, und diese, die sich bis dahin mühsam aufrecht gehalten hatte, brach bei diesen Worten in Tränen aus.

»Er lebt,« wie Engelsgesang klangen ihr diese Worte im Ohr, und ihre zitternden Hände griffen nach denen der gütigen Frau, die sich ihr entgegenstreckten. »Kommen Sie selbst,« sagte diese, »Sie werden mit Ungeduld erwartet!«

Sie führte ihre Gäste eine Treppe hinauf und öffnete eine Tür, da rief schon eine, ach so geliebte Stimme: »Mutter, meine Mutter!« Im nächsten Augenblick kniete Frau Friederike vor dem Lager und hielt ihren Sohn in den Armen, »mein Kind, mein einziges Kind!«

»Mein Kind, mein einziges Kind!«

Die Professorin hatte den Pfarrer leise an der Hand
genommen, sie wollte dieses erste Wiedersehen zwischen
Mutter und Sohn nicht stören, sie führte ihren Gast in ein
nebenanliegendes Zimmer. »Jetzt ist der Raum frei, die

Franzosen, die hier lagen, sind zu meiner großen Freude gesund geworden!« Gedankenvoll nickte der Pfarrer, »ich will auch meinen Sohn suchen, ich habe keine Nachricht von ihm.«

»Ich kann sie Ihnen geben,« sagte die Professorin herzlich, »Ihr Sohn ist gesund und mit seinem Regiment bereits auf dem Marsch nach Frankreich. Mein Mann hat sich auf unseres Pfleglings Bitte erkundigt und diese Auskunft erhalten. Er hat auch im Lazarette einen Soldaten Strobeck aufgefunden, der auch aus Ihrem Heimatsdorf stammt.«

Der Pfarrer atmete tief auf, sein Sohn war gesund, freilich, noch stand er im Felde, aber dem Vater ging es wie der kleinen Luise, seine Hoffnung wurde wieder stark und groß. Er dankte der liebenswürdigen Frau herzlich für ihre Auskunft, und sie, die die Schreckenstage der Schlacht miterlebt hatte, erzählte ihrem Gast viel davon.

Unterdessen saß Frau Friederike am Lager ihres Sohnes, und sie konnte sich nicht satt sehen an dem geliebten Gesicht. Es sah freilich so anders aus als das frische Knabengesicht, das sie zuletzt gesehen hatte, blaß und schmal war es geworden, die schwere Zeit, der Krieg mit seinen Schrecken und die lange Krankheit hatten ihre Runen hineingegraben und die kindlichen Züge hart gemacht. Ein Zug war darin, der von tiefen Schmerzen sprach, und ergriffen strich die Mutter ihrem Liebling sacht über das Haar, das hatte er so gern gemocht, als er noch ein Kind gewesen war. Mit matter Stimme erzählte Hans-Heinrich von den Tagen der Schlacht, daß Walter Flemming am Leben sei, aber Franz Ragnit war tot, er war wenige Tage vor der Schlacht bei einem Streifzug gefallen. Und Vogt Schwarze war tot, er war es gewesen, der Hans-Heinrich vom Schlachtfeld getragen hatte, dann hatte ihn eine Kugel getroffen, und er war unterwegs beim Transport gestorben.

Daß der Wagen umgestürzt war und Leutnant von Lühenaar ihn gefunden hatte, wußte Hans-Heinrich nicht mehr, er war erst nach vielen Tagen wieder erwacht, in dem freundlichen Zimmer, in dem er jetzt lag.

»Und du wirst wieder gesund, mein Herzensjunge, ich nehme dich mit nach Kloningken, dort sollst du ganz genesen,« sagte Frau von Seeheim innig.

»Ja, Mutter,« die Stimme des Jünglings klang gepreßt und der Leidenszug in seinem bleichen Gesicht verschärfte sich. »Ja – ich werde gesund, gewiß, aber –« und auf einmal versagte ihm die Stimme und die hellen Augen wurden schwarz vor Tränen. »Mutter,« schluchzte er, »Mutter, ich bin ja ein Krüppel.« Er schlug die Decke zurück, da sah Frau Friederike, daß ihm ein Bein fehlte.

Sie weinte nicht, sie schrie nicht, sie nahm ihren Sohn in ihre Arme, als sei er noch der kleine hilflose Bube von einst. Mit fast übermenschlicher Kraft bezwang sie ihren Schmerz, um ihrem Sohn sein Leid nicht noch schwerer zu machen. »Mein Junge, du,« murmelte sie, »du, mein tapferer Junge, du wirst auch mit einem Bein ein ganzer Mann werden, wie dein Vater.«

Hans-Heinrich hielt die Mutter umschlungen, ganz fest, und auch er dachte daran, ihr den Schmerz nicht zu vergrößern, und ganz tapfer sagte er: »Ich will es werden, Mutter, ein rechter Mann, wie mein Vater. Es war ja mein Wille, in den Krieg zu ziehen, und, Mutter, – wir haben ja doch gesiegt.«

Dann wollte er von Kloningken etwas wissen, und Frau Friederike erzählte ihm von allem und allem, sie sprach und lächelte, und dabei schrie immer in ihrem Herzen das Leid: »Mein Sohn ist ein Krüppel.«

Die Professorin nahm ihre Gäste liebevoll auf, und Frau Friederike verband bald eine herzliche Freundschaft mit der wackeren Frau. Einige Tage sollte Hans-Heinrich noch in

Leipzig bleiben, dann erst sollte die Rückreise angetreten werden. Pfarrer Flemming benutzte die Zeit, um sich nach seinen Pfarrkindern umzusehen. Er fand Franz Strobeck bereits auf dem Wege der Besserung, und mit strahlender Freude begrüßte dieser den Geistlichen. Als dieser ihm das Geschenk seiner Frau übergab, schluckte er ein paarmal und fragte dann rauh: »Hat sie neu Stroh aufs Dach gelegt?« Der Pfarrer bejahte und erzählte dann noch mancherlei aus dem Dorfe; als er Abschied nahm, hielt ihn der Schmied noch einmal zurück. »Ich bin bald gesund, aber nach Hause komme ich nicht eher, als bis ich das Franzosenland gesehen habe, aber sagt ihr, sie wäre ein braves Weib, und der Teufel soll mich holen, wenn ich noch einmal mit ihr schelte!« Dann drehte Franz Strobeck sich rasch um und lag steif und stumm und hielt sein graues Tuch im Arm.

Christian Ragnit fand der Pfarrer nicht und Franz war tot, so übergab er das Geschenk des Bauern dem Schmied, der es getreulich mit seinen Kameraden teilte. Bei jedem Stück aber erzählte er ihnen von Kloningken, »und wenn das Franzosenland das reine Paradies ist, wie ihr sagt,« versicherte er oft, »schöner als unser Kloningken kann's eben nicht sein, nichts auf der Welt ist schöner. Donnerschlag noch mal, und so 'ne Frau wie ich hat keiner.«

In den ersten Tagen des Dezember wurde die Heimreise angetreten. Wohl war Hans-Heinrich noch sehr schwach, aber da jede Gefahr vorbei war, so konnte Frau Friederike ihn unbedenklich den Mühsalen der langen Reise aussetzen. Schwer wurde den dreien der Abschied von den gütigen Wirten, und Hans-Heinrich winkte noch, so lange er es sehen konnte, nach dem schmalen Haus hin, das ihm wochenlang eine gastliche Heimat gewesen. Und seine Mutter dachte tiefbewegt daran, was wohl aus ihrem Sohn geworden wäre, wenn der Mann, den sie selbst einmal von der Schwelle ihres Hauses gewiesen, sich seiner nicht angenommen hätte. Still fuhren die drei Reisenden wieder zum Halleschen Tor hinaus. Der Winter hatte unterdessen seinen Einzug gehalten, und Schnee bedeckte die Felder, auf denen vor wenig Wochen der Kampf getobt hatte. Freilich, die niedergebrannten Dörfer und Gehöfte waren noch nicht aufgebaut, und die Reisenden bekamen so viel Leid zu sehen, daß Hans-Heinrichs Klage um sein verlorenes Bein verstummte. Wie reich war er doch noch, er, der eine Heimat hatte, den eine Mutter umsorgte, gegen alle die, die heimatlos, elend all der Härte des Winters preisgegeben waren. Er ertrug auch klaglos alle Beschwerden der Reise, und eine stille, tapfere Heiterkeit kam über ihn. In Berlin hielt Frau von Seeheim ihr Versprechen und führte dem alten General ihren Sohn zu, der diesen voll Herzlichkeit in seine Arme schloß. Er konnte gar nicht genug von ihm über den Krieg erfahren, am liebsten hätte er ihn einige Zeit bei sich behalten, aber keiner der Reisenden wollte von einer Verzögerung hören, sie hatten Sehnsucht, heimzukommen.

Ganz unerwartet kamen die Reisenden eines Nachmittags in Kloningken an. Luise, die eigentlich in beständiger Erwartung lebte, war die erste, die den herankommenden Wagen erblickte. Ihr Jubelgeschrei lockte die anderen herbei, und bald waren die Ankommenden von allen ihren Lieben umringt. Sie konnten kaum aussteigen, jeder wollte ihnen helfen, jeder ihnen die Hand drücken, sie umarmen. Und dann standen sie doch endlich vor dem Wagen, und nun sahen es alle, daß Hans-Heinrich ein Krüppel war, sie hatten es gewußt, und der Anblick erschütterte sie doch. Luise hatte ganz tapfer sein, ihren Kummer nicht zeigen wollen, nun aber stürzten ihr doch die heißen Tränen aus den Augen, und weinend umschlang sie den Freund.

»Liebe kleine Luise,« sagte Hans-Heinrich mit einem stolzen Lächeln, »weine doch nicht, ich habe meinem

Vaterland ein Opfer gebracht, andere müssen viel mehr leiden als ich.«

Da hob Luise die dunkeln Augen zu ihm auf, und fast feierlich rief sie: »Ach, Hans-Heinrich, du bist wirklich ein Held!«

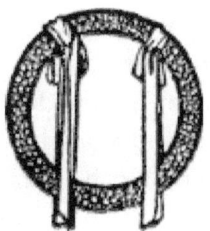

18. Kapitel.
Eine unterbrochene Geburtstagsfeier.

Die Winterstille lag nun wieder über Kloningken, und hohe Schneewälle schlossen das Dorf gleichsam von der Außenwelt ab. Dennoch fanden die Nachrichten von dem Kampf, der noch immer tobte, auch weiter ihren Weg in die winterliche Einsamkeit. Noch kämpften ja Klonigkener Söhne draußen für die Freiheit des Vaterlandes. Walter Flemming war zum Leutnant befördert worden, nach wochenlanger untätiger Wartezeit war er mit nach Frankreich gezogen. Er schrieb so oft er konnte, und er bestellte dann jedesmal Grüße von Christian Ragnit, der mit ihm im gleichen Regiment stand. Die Briefe, die der Herr Leutnant, denn anders wurde der Pfarrerssohn im Dorf nun nicht mehr genannt, in die Heimat sandte, bildeten immer tagelang das Gespräch der Leute.

Bei des Freundes Berichten wallte in Hans-Heinrich dann doch oft eine zornige Ungeduld auf, daß er daheim sitzen mußte. Es waren schwere Zeiten für ihn, er erlangte nach den Anstrengungen der Reise nur langsam seine Kraft wieder, und wochenlang mußte er noch stilliegen. Seiner Mutter verschwieg er seine Sehnsucht, um ihr nicht das Herz schwer zu machen, nur Luise war die Vertraute seiner Schmerzen. Und niemand verstand es auch besser als Luise, ihn immer wieder über trübe Stunden hinwegzubringen. Sie saß mit nimmermüder Geduld an seinem Lager, und sie war, zu Jungfer Karolines maßloser Verwunderung, kein Quirl, kein Wirbelwind mehr. Ja, sie ließ sich sogar von Hans-Heinrich, um ihn zu zerstreuen, in die Geheimnisse der lateinischen Sprache einweihen. Das gab dann fröhliche Stunden, an denen auch Renate teilnahm und bei denen der junge Lehrer oft alle seine Schmerzen vergaß.

So vergingen die Wintertage und der März kam mit warmen Winden, mit Sonnenschein und Frühlingshoffen. Am zehnten März feierte man in Kloningken den Geburtstag der Gutsherrin. In der Sorge und Not des vergangenen Jahres hatte niemand an eine Feier gedacht, in diesem Jahre aber hatte Frau Friederike selbst Gäste eingeladen, sie wollte dem Sohn einen heiteren Tag schaffen. Die Bewohner des Pfarrhauses waren gekommen, Magister Richter fehlte nicht, und aus Schönheide war Frau von Seeheim mit ihren Töchtern auch zur Feier eingetroffen. Sie hatte die Nachricht von ihrem Mann gebracht, daß er bald heimkehren würde. Er hatte bei einem kleinen Gefecht eine unbedeutende Wunde empfangen, die ihn aber doch zwang, sich einige Zeit zu schonen, und da, wie er schrieb, die Hauptarbeit nun ja getan sei, hatte er um seine vorläufige Entlassung gebeten, um daheim einmal nach dem Rechten zu sehen. Seine Frau und seine Töchter erwarteten seine Heimkehr voll froher Ungeduld, sie waren nur auf dringende Bitten Frau Friederikes nach Kloningken gekommen, weil sie fürchteten, der Erwartete könnte inzwischen heimkehren. Erst der Einwand, daß der Freiherr ja durch Kloningken kommen müßte, hatte sie hergelockt. Nun hielten die größeren Dorfbuben auf der Landstraße Wache, damit ja ungesehen kein Wagen durchfuhr, und in die fröhliche Geburtstagsgesellschaft hinein platzte allviertelstündlich ein kleiner Bote mit der Nachricht: »'s kommt nicht wer!«

»Der Vetter wird wohl kaum just an meinem Geburtstag kommen,« sagte Frau Friederike, aber Luise sagte hoffnungsfroh: »Ich glaube, er kommt doch, und – er bringt sicher Walter mit, oder eine Nachricht von ihm!«

Pfarrer Flemming und seine Frau sahen sich an, auf beider Gesichter lag eine stille Sorge, denn seit Wochen hatten sie keine Nachricht mehr von ihrem Sohn erhalten. Renate sah die sorgenden Blicke, und ihr stilles, blasses Gesichtchen wurde noch um einen Schein bleicher. Je länger der Krieg dauerte, je größer wurde ihre Angst um den Freund, seit sie ihn in Frankreich wußte, schien ihr die Gefahr, in der er schwebte, noch gewachsen zu sein.

»Der Krieg ist doch noch nicht zu Ende, Luise,« sagte Hans-Heinrich ein wenig verweisend, »wie kann Walter denn da heimkommen.«

»Na,« rief Luise in ihrer sorglosen Unbekümmertheit, »er kann doch sagen, ich will mal meine Eltern besuchen, Vater sagt doch, jetzt wäre der Krieg nicht mehr so schlimm!«

Draußen auf dem Flur entstand plötzlich ein lautes Geschrei und Jungfer Karoline riß die Türe auf, ihr nach stürmten etliche Dorfbuben mit dem Rufe: »Nun ist er da!«

Im ersten Augenblick hielten es alle im Zimmer für einen Scherz, denn im Grunde hatten sie alle nicht geglaubt, daß der Erwartete kommen würde, aber da fuhr schon draußen ein Wagen vor, und wenige Sekunden später lag Frau Henriette in den Armen ihres Gatten, und die Töchter umringten jauchzend den heimgekehrten Vater. In der Freude der ersten Minuten fragten und riefen alle durcheinander, und der Freiherr von Seeheim erhielt so viele Küsse und Umarmungen, daß er schließlich lachend und pustend sagte: »Erbarmt euch, Mariellchens, das ist ja schlimmer als in einer Schlacht, uff, laßt mich nur mal los!«

Da ließen die Töchter vom Vater ab, seine Frau aber hielt seine Hand fest, als würde er sonst wieder von ihr gehen. Nun begrüßte der Freiherr seine Cousine und die andern. Hans-Heinrich schloß er bewegt in seine Arme, und dann reichte er Frau Charlotte die Hand, er tat es herzlich, wie immer, und doch fühlte die Pfarrerin, daß sein Blick dem ihren auswich, und daß sein Gruß gezwungen klang. Und rasch, in plötzlich erwachter heißer Angst fragte sie: »Haben

Sie meinen Sohn gesehen – bringen Sie mir Nachricht von ihm?«

Der Freiherr schwieg, sein Gesicht war tiefernst geworden, und auf einmal fühlten es alle, er brachte eine trübe Nachricht mit.

»Mein Sohn – er –« flüsterte Frau Charlotte mit versagender Stimme.

Da nahm der Freiherr von Seeheim rasch ihre Hände in die seinen, und traurig ruhte sein Blick auf der bleichen Frau. »Er starb wie ein Held,« sagte er ernst und feierlich.

Niemand sprach, niemand fragte, der Pfarrer hatte in wortlosem Schmerz sein Weib umschlungen, und Luise war neben Renate, die bleich, wie erstarrt, am Fenster saß, weinend zusammengesunken. Da sagte der Freiherr in die schwere Stille hinein noch einmal: »Er starb wie ein Held.« Dann fuhr er fort: »Bei La Chaussee gab es am 3. Februar ein Gefecht, dabei wurde sein Oberst verwundet, den er selbst aus dem Feuer trug. Dann deckte er mit wenigen Kameraden, einem Transport Verwundeter und der Fahne den Rückzug, bis Verstärkung kam. Dabei fiel er, denn er focht als Anführer tollkühn und löwenmutig gegen die Übermacht der Angreifer. Später haben dann seine Kameraden, die ihn alle liebten, nach seiner Leiche gesucht, aber sie nicht mehr gefunden. Ich selbst ritt zwei Tage später an der Stelle vorbei, in der Nähe stand ein Haus, dessen Bewohner wir im Keller fanden. Als sie sich überzeugt hatten, daß wir nichts von ihnen wollten und ihnen nicht ihre kümmerliche Habe zu rauben gedachten, gaben sie uns Auskunft. Sie behaupteten, ihre Landsleute hätten am nächsten Tage einen jungen, fremden Soldaten, der neben einem hohen französischen Offizier gelegen hätte, mit sich genommen. Ich beschrieb ihnen unsern jungen Freund, da sagte die Frau: ›Herr, sie waren alle bleich, blutig, sie sahen alle jammervoll aus, wer sollte da einen herauskennen.‹ Ich habe mich dann noch da und dort erkundigt, aber niemand konnte mir weitere Auskunft geben, und seine Kameraden, die an seiner Seite gefochten haben, waren von seinem Tod überzeugt. Ich bin es auch!«

Der Freiherr schwieg und der Pfarrer gab ihm stumm die Hand. Frau Charlotte aber erhob sich schwer, »wir wollen heimgehen,« sagte sie leise, und ihr Blick suchte ihre Kinder. Schluchzend klammerte sich Luise an die Mutter an, Fritzel weinte leise mit, obgleich er das tiefe Leid erst ahnte. Niemand wagte die Eltern mit ihren Kindern zurückzuhalten, sie fühlten alle, es war nicht die Stunde, um Trostworte zu sagen, und so schied die vorher so fröhliche Gesellschaft still voneinander.

Freiherr Franz von Seeheim fuhr mit den Seinen heim, die Freude, einander wiederzuhaben, überwand, je näher sie Schönheide kamen, die traurige Stimmung, und bei dem Jubel, mit dem die Schönheider Bauern ihren Gutsherrn begrüßten, erhellte sich dessen ernstes Gesicht. »Es ist doch gut sein in der Heimat, Henriette,« sagte er bewegt, »und daß wir die Franzosen rausgejagt haben, dafür will ich jeden Tag meines Lebens danken!«

In Kloningken saß Frau Friederike mit ihrem Sohn bis tief in die Nacht hinein in schmerzlicher Trauer beisammen, sie sprachen viel von Walter, der in fremder Erde ruhte, und Hans-Heinrich schämte sich der Tränen nicht, die um den Freund flossen. Mutter und Sohn ahnten beide nicht, daß nicht weit von ihnen ein junges Herz das schwerste Leid seines Lebens trug. Renate war nach der Erzählung ihres Oheims still aus dem Zimmer gegangen, und niemand hatte sonderlich auf sie geachtet. Es wußte ja niemand, wie innig sie den Jugendfreund geliebt hatte. Nur Frau Charlotte ahnte es, aber diese dachte in dieser Stunde auch nicht an das einsame Kind. Und doch sehnte sich Renate unsagbar nach ihr. Sie saß in tränenlosem Leid in ihrem Zimmerchen und dachte: Könnte ich jetzt bei seiner Mutter sein und mich an ihrem Herzen ausweinen. Sie dachte an all die frohen Stunden, die sie mit Walter verlebt hatte, an seinen Ernst, und wie er, trotz seiner Jugend, schon in manchem ihr Lehrer gewesen war. Ihr Jammer war so groß, daß sie nicht einmal Tränen fand, und an diesen ungeweinten Tränen meinte sie fast zu ersticken.

Endlich sprang sie auf, sie hielt es in der Einsamkeit nicht mehr aus, und sie lief, so wie sie war, in ihrem weißen Festkleid, hinunter. Zu ihrer Tante wollte sie, als sie aber vor der Türe stand, hörte sie drinnen Mutter und Sohn miteinander sprechen. Die zaghafte Scheu, die ihr so oft den Mund verschloß, trieb sie auch jetzt hinweg, die beiden da drinnen brauchten sie nicht, vermißten sie nicht, sie waren sich selbst genug. So lief sie denn hinaus, und draußen umfing sie brausend der Frühlingssturm. Sie schlug ganz unwillkürlich den Weg nach dem Pfarrhaus ein. So wie damals im Winter den Verirrten, leuchtete auch ihr heute das Licht entgegen, und sie ging sehnsüchtig dem Lichte nach. Und dann stand sie draußen am Fenster, starrte in das trauliche Zimmer hinein und wagte doch nicht einzutreten. Die Pfarrersleute saßen still beieinander, Hand in Hand; Renate sah ihre traurigen, gramvollen Gesichter, und sie sah auch Luise und Fritzel auf dem Sofa liegen, im festen Schlaf, die beiden hatten sich wohl müde geweint. Ach, wenn sie doch auch nur weinen könnte, sie lehnte den Kopf an die Mauer, und das Weinspalier, das das Haus umzog, raschelte leicht.

Drinnen hob Pfarrer Flemming lauschend den Kopf. »Draußen ist jemand,« sagte er zu seiner Frau. Die sah mit tränenschwerem Blick nach dem Fenster, und sie sah ganz deutlich die weiße Gestalt des Mädchens stehen. Da wußte sie es, ohne daß es ihr jemand gesagt hatte, daß es Renate war, rasch stand sie auf und ging hinaus. »Renate, mein liebes Kind,« rief sie, »komm zu mir.«

Renate schluchzte laut auf, jetzt kamen ihr die erlösenden Tränen, und weinend sank sie in die Arme der Mutter, die sie ganz fest an ihr Herz nahm.

Der Pfarrer und seine Frau verstanden beide das junge Leid, und sie fanden auch den besten Trost dafür, sie umfingen Renate mit warmer Liebe, und so fand diese in der schwersten Stunde ihres jungen Lebens den köstlichen Schatz treuer Elternliebe.

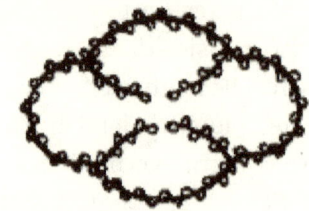

19. Kapitel.
Im Frieden.

Drei Jahre waren vergangen. Deutschland hatte den so heiß ersehnten Frieden errungen, aber aus tausend Wunden blutend war es aus dem Kampfe hervorgegangen. Sein Wohlstand war vernichtet, Städte und Dörfer zum Teil zerstört, und Jahre schwerer Arbeit, harten Kampfes standen dem geprüften Land noch bevor, ehe es glücklich den Frieden genießen konnte.

Über Kloningken strahlte die helle Sommersonne, und der kleine Ort lag so friedlich da, von einem Kranze wogender Felder und früchtebeladener Bäume umgeben, als hätten nie die Wellen des Krieges bis hierher geschlagen. Und doch trugen auch hier die Bewohner noch an den Lasten der verflossenen Kriegsjahre, die einstmals wohlhabenden Bauern waren verarmt, und in Sorgen bestellte mancher sein Feld. Frau von Seeheim, die selbst schwere Verluste an Geld und Gut erlitten hatte, linderte trotzdem bereitwillig die Not der andern, und sie stand vielen mit Rat und Tat hilfreich bei. Wenn möglich noch fester aber war in diesen Jahren das Band der Freundschaft zwischen Herrenhaus und Pfarrhaus geworden. Jetzt nahm Frau Friederike nicht mehr allein Liebe entgegen, sie gab auch diese in reichlichem Maße, und besonders Luise war ihrem Herzen immer teurer geworden. Es verging kaum ein Tag, an dem man Luises helle Stimme nicht im Gutshaus hörte, und das halbe Jahr, das diese auf Wunsch ihrer Mutter nach der Einsegnung in Königsberg bei Verwandten zugebracht hatte, war allen unendlich lang erschienen.

Und wieder einmal war, wie so manchmal, aus dem Pfarrhause lieber Besuch gekommen. Charlotte Flemming saß im Garten neben Frau Friederike und beide sahen lächelnd Luise zu, die einen Zweig des Baumes, unter dem die Frauen saßen, herabgezogen hatte und einige gelbe Frühbirnen abpflückte. »Wirklich, man kann sie schon essen,« sagte sie und biß herzhaft mit ihren weißen Zähnen in die saftige Frucht, »schade, daß ich nun schon zu groß bin, ich möchte gleich hinaufklettern, oben sitzen die allerschönsten.« Sie sprang ein wenig empor und suchte einen Ast zu erhaschen, dabei verfing sich ihr lockiges Haar in den Zweigen, und dann mußte sie sich erst mühsam aus der unfreiwilligen Gefangenschaft befreien, »wie weiland Absalom,« rief sie übermütig.

»Du bist und bleibst ein Wildfang, Luise,« sagte die Mutter, und doch ruhten ihre Augen mit zärtlichem Wohlgefallen auf dem blühenden Mädchen. Ja, hübsch war die kleine Luise geworden, groß und schlank, das dunkle Haar, das wieder nachgewachsen war, krauste sich noch immer eigensinnig um die weiße Stirn, die dunkeln Augen strahlten noch immer im alten Übermut, und noch immer lachten die roten Lippen so gern. Es war ihr gelungen, eine ganze Anzahl von Birnen zu pflücken, die sie nun auf dem Tische ausbreitete. »Hoffentlich kommt Renate bald, um meinen Raub mit mir zu teilen,« sagte sie – »doch, ach, da kommt sie, als hätte sie meinen Ruf gehört.« Luise sprang hastig auf und eilte der Freundin entgegen, die die lange Ulmenallee vom Herrenhaus her entlangkam. »Endlich, endlich!« rief sie, sich an deren Arm hängend.

Renate hatte ihren großen Hut abgenommen und trug ihn am Arm, ein helles Kleid umschloß ihre schlanke Gestalt, das feine Gesicht mit der hohen edeln Stirn, um die schlicht das blonde Haar lag, und den großen, sanften Augen, trug, wie immer, einen Ausdruck sinnigen Ernstes. »Ich war bei der Großmutter Romeike, die sehr schwach ist,« sagte sie, »unterwegs sah ich deinen Vater kommen, Luise, der aus der Stadt zurückkehrte, er wird bald herüberkommen, er sagte, er brächte eine freudige Überraschung mit.«

»O, sicher einen Brief von Hans-Heinrich,« jubelte Luise, »glauben Sie es nicht auch, Tante?«

Frau Friederike nickte freundlich. »Wir wollen es hoffen,« sagte sie, »ich sehne mich nach einer Nachricht von ihm.«

Die Mädchen hatten sich an dem Tisch niedergelassen, Luise nahm eine Arbeit zur Hand, und flink, wie die Nadel, ging auch ihr Zünglein. In ihrer lebhaften Art besprach sie eifrig den Inhalt des erwarteten Briefes, der sicher von Hans-Heinrich war. Der junge Mann weilte seit einigen Monaten in Berlin, als Gast des alten Generals von M., bei dem er auf der Rückfahrt von Leipzig gewesen war. Der hatte ihn seitdem oft herzlich eingeladen, aber erst in diesem Jahre war Hans-Heinrich der freundlichen Aufforderung gefolgt. Nun, da die Ernte beginnen sollte, wurde der junge Herr zurückerwartet, denn Frau von Seeheim hatte die Verwaltung des Gutes in des Sohnes Hände gelegt, an dessen Seite schaffte, an Stelle des bei Leipzig gefallenen Vogts, Friedrich, der achtfingrige, wie Fritz ihn nannte.

Charlotte Flemming erkundigte sich unterdessen bei Renate nach der Großmutter Romeike, und diese erzählte von ihrem Besuche, ernst und verständig sprach sie mit der mütterlichen Freundin, deren Blicke voll herzlicher Liebe auf ihr ruhten. Die sanfte, stille Renate war der Liebling aller Kranken und Bedürftigen im Dorf, aber Frau Charlotte wünschte im Herzen oft, sie möchte heiterer sein, mehr von Luises froher Lebenslust besitzen, einmal recht glücklich werden und ihr Jugendleid verwinden.

»Dort kommt der Vater,« unterbrach Luise ihre eigene Rede. Sie sprang lebhaft auf, riß beinahe den ganzen Tisch um und eilte dem Pfarrer entgegen, der mit Fritz daherkam, er zeigte schon von weitem einen Brief, den er dann lächelnd der Hausfrau überreichte.

»Ich bringe ihn selbst aus der Stadt mit, liebe Freundin, hoffentlich steht eine gute Nachricht darin!«

Frau Friederike erbrach das Siegel, sie durchflog rasch das Schreiben, es waren nur wenige Zeilen.

Aus Luises Gesicht stand die Neugier, und die Hausfrau sagte lachend: »Na, Mariellchen, du scheinst gar nicht wissen zu wollen, was in dem Briefe steht?«

»Er ist so kurz, das ist ein Zeichen, daß Hans-Heinrich bald heimkommt,« rief das Mädchen fröhlich.

»Ja, er kündet nun endlich seine Rückkehr an,« sagte Frau von Seeheim mit freudestrahlendem Gesicht. »Auch von einer Überraschung schreibt er noch, hört nur: Einen sehr lieben Gast für das Pfarrhaus bringe ich mit; ich bin sicher, er wird dort mit offenen Armen aufgenommen werden. Wie er heißt, mag Fräulein Luise in ihrer sechzehnjährigen Weisheit erraten.«

Luise verzog schmollend den Mund. »Immer neckt mich Hans-Heinrich, und dabei ist er kaum vier Jahre älter als ich; aber wer mag der Gast sein?«

Man riet hin und her, endlich sagte der Pfarrer: »Vielleicht ist es Herr von Lühenaar. Im vergangenen Winter schrieb er mir, daß er zum Sommer eine Reise beabsichtige und hoffe, dabei auch nach Kloningken kommen zu können.«

»Sicher, Väterchen, haben Sie richtig geraten,« rief Luise, und auch die Mutter nickte: »Es könnte wohl so sein, aber wer auch kommen mag, herzlich willkommen wollen wir ihn heißen.«

Frau Friederike, die nochmals das Schreiben gelesen, sagte: »Nach Hans-Heinrichs Brief zu urteilen, können die Reisenden bald eintreffen, er schreibt, sie wollten am nächsten Tag ihre Reise antreten und nur in Küstrin einen kurzen Aufenthalt nehmen.«

Man saß noch eine Weile zusammen und sprach von dem zu erwartenden Gast. In den vergangenen Jahren waren zwischen dem einstigen Pflegling und dem Pfarrer oft Briefe gewechselt worden, und das in schwerer Zeit geknüpfte Freundschaftsband hatte sich nicht gelockert. Wie an einen Sohn in der Ferne, so dachten die Pfarrersleute an den jungen Mann, und Hans-Heinrich hatte auch in ihm einen älteren Freund gefunden. Bisher hatten die Verhältnisse Herrn von Lühenaar die weite Reise noch nicht gestattet, auch er mußte in seiner Heimat aufbauen, was der Krieg zerstört hatte. Nun man ihn erwartete, rückte sein Bild allen nahe. Frau Charlotte gedachte mit mütterlicher Liebe des jungen Mannes, und Luise erging sich in allerlei Fragen, wie er Hans-Heinrich wohl in Berlin getroffen haben könnte, und wie wunderbar dies sei.

»Nicht ganz so wunderbar,« mischte sich der Pfarrer ein, »da mir Hans-Heinrich erzählte, er habe einen Brief an Herrn von Lühenaar gerichtet und von seiner Reise geschrieben.«

Luise nahm sich vor, das Grab des Franzosen noch zu schmücken, obgleich der Rosenstock, der darauf gepflanzt worden war, in voller Blüte stand.

So verging mit Plänemachen und Erinnerungen die Zeit, und Frau Charlotte mahnte an den Aufbruch. Sie meinte, es sei gut, noch heute einen Kuchen zu backen, zum festlichen Empfang des Gastes. So schied man froh voneinander, Luise hüpfte singend den Wiesenweg zum Heimathaus hin. »Morgen kommt vielleicht Hans-Heinrich,« trällerte sie nach einer selbsterfundenen Melodie. Die Eltern gingen still nebeneinander, nur einmal sagte die Pfarrerin aus schmerzlichem Erinnern heraus: »Könnten wir doch unsern Jungen so erwarten!«

Renate hatte still im fröhlichen Kreise gesessen und mit versonnenen Augen träumerisch in die Weite geschaut, was kümmerte sie der junge Mann, der da als Gast im Pfarrhaus einkehren wollte. Dennoch half sie am kommenden Morgen fleißig der Pfarrerin bei den Vorbereitungen für den Besuch. Diese schaffte gar emsig, denn, so blitzblank auch alles war, so entdeckte ihr scharfes Auge doch immer noch ein Stäubchen. Luise eilte, ein Liedchen singend, treppauf, treppab, neckte sich inzwischen einmal mit Fritz, hob das Kätzchen liebkosend auf den Arm, und umschlang im nächsten Augenblick Renate mit dem Jubelruf: »Ach, bin ich froh, ich kann es gar nicht sagen!« Dann lief sie wieder die Treppe hinab, denn aus der Küche erscholl der Mutter Stimme, die ihre Hilfe haben wollte.

Renate stieg die schmale Holztreppe hinauf, in das Zimmer, das für den Gast hergerichtet worden war. Oben stand sie einige Minuten still, da links lag die Kammer, die einst Walter bewohnt hatte, sie war unverändert geblieben, ein kleiner Erinnerungstempel für die Seinen. Auch heute hätte Renate gern diesen friedlichen, kleinen Winkel aufgesucht, sie dachte aber an ihr Versprechen, zu helfen, und so ging sie den Gang entlang, bis zu dem Fremdenzimmer. Das war schlicht, wie alle Räume im Pfarrhaus; Wand und Decke weiß getüncht und mit einer breiten, blauen Kante abgesetzt, das blendend weiße Bett, ein birkenes Spind, ein Waschtisch, einige Stühle und in der Mitte ein runder Tisch, über den eine zierlich gestickte Decke gebreitet war, bildeten die Einrichtung. Als einzigen Schmuck stellte das Mädchen eine hübsche Meißener Vase hin, die ein Staatsstück der Pfarrerin war, Renate hatte sie mit frischen Blumen gefüllt, damit, wenn der Gast kam, das Zimmer bereit war, welkten die Blumen inzwischen, so schadete es nichts, im Garten standen sie in köstlicher Fülle. Die Zentifolien und Balsaminen strömten süßen Duft aus, und der alte Lindenbaum vor dem Hause streckte seine Äste bis an das geöffnete Fenster heran, in seinen Zweigen zwitscherten die Vögel, denen er Wohnung gab. Sonst war es still im Zimmer. Regungslos stand Renate und sah hinaus in das weite Land, sie dachte an jenen Vorfrühlingstag, da sie von Walter Flemming Abschied genommen hatte. Sehnsuchtsvoll sah sie den ziehenden Wolken nach, die wie weiße Vögel am tiefblauen Sommerhimmel hinschwebten, könnte ich mit ihnen ziehen, dachte die einsame Träumerin, könnten sie mir wenigstens sein Grab zeigen, dann würde ich ruhiger werden.

In ihrem Sinnen hatte sie den leichten Schritt überhört, der die Treppe heraufkam, und sie fuhr nun erschreckt zusammen, als Luises helle Stimme ihren Namen rief. Luise hatte schon wieder etwas Wichtiges der Freundin mitzuteilen, dabei sah sie sich fröhlich im Zimmer um und rief: »Wie schön du die Blumen geordnet hast, nein, wirklich niemand kann es so gut wie du, sie stecken so zart und duftig in der Vase, daß es eine Freude ist, sie anzusehen. Ah sieh, Braut im Haar und brennende Liebe ist auch dabei,« sie drohte schelmisch mit dem Finger, »Renate, Renate, wer weiß, was das für eine Bedeutung hat! Ich denke schon immer daran, ob dir der geheimnisvolle Gast nicht gefährlich wird, wenn es wirklich dieser Herr von Lühenaar wäre, er war damals schon so nett zu dir, mich behandelte er immer wie ein Kind.«

»Du nennst mich eine Träumerin, Luise, und träumst doch selbst am hellen Tag!«

»Ich bin so froh, Renate, und das muß doch eine gute Vorbedeutung haben,« rief Luise lachend, die Freundin umschlingend.

»Vielleicht rührt deine heitere Stimmung auch davon her, daß Hans-Heinrich zurückkommmt?« neckte Renate.

Da wurde Luise blutrot. »Ach Unsinn!« rief sie und eilte, so rasch sie konnte, die Treppe hinab, damit die Freundin ihre Verlegenheit nicht sehen sollte.

Renate lachte ihr leise nach. Die Neckerei hatte sie fröhlich gemacht, und eifrig putzte sie nun noch einmal im Stübchen jeden Gegenstand ab, als erwartete sie, daß Herr von Lühenaar die allerstrengste Prüfung vornehmen würde.

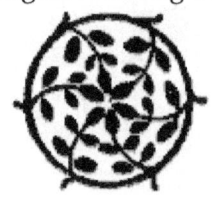

Schlußkapitel.
Durch Leid zum Glück.

Am Spätnachmittag dieses Tages kam Renate von dem Hof Daniel Romeikes, wo die alte Großmutter Marie krank lag, sie hatte bei der alten Frau gesessen und ihr aus der Bibel vorgelesen. Das Gehöft des Bauern lag etwas abseits vom Dorfe, und so schlug das Mädchen einen Feldweg ein, der dicht beim Pfarrhaus endete. Sie strich, während sie so dahinging, mit ihrer Hand über die Ähren, die bereits einen goldenen Schimmer trugen und die bald die Hand des Schnitters niederstrecken würde. Die Sonne stand tief im Westen, und wenn Renate aufsah, blendete ihr heller Glanz sie, sie legte die Hand vor die Augen, um besser sehen zu können. Luise hatte ihr entgegenkommen wollen, und sie schaute nach ihr aus. Die Freundin war nicht zu sehen, aber dort, wo der Feldweg auf die Landstraße mündete, stand, an einen Baum gelehnt, ein Mann. Sie konnte ihn nicht erkennen, daß es keiner der Bauern war, sah sie freilich, ein Fremder schien es ihr zu sein. Seine Figur hob sich dunkel von dem im leuchtendsten Abendrot glühenden Himmel ab. Einen Augenblick dachte sie, vielleicht ist es Herr von Lühenaar, aber ebenso rasch verwarf sie den Gedanken, der würde ja mit Hans-Heinrich zusammen kommen.

Sie schritt mit gesenktem Kopf weiter, und auf einmal fiel ein langer, schwarzer Schatten auf den sonnenbeschienenen Weg.

Sie schrak zusammen, blieb stehen und sah auf; vor ihr stand der Fremde.

Narrte sie das blendende Licht, war es ein Traum, der sie umfangen hielt?

Es flimmerte ihr rot vor den Augen, wie in einem Wirbel

166

drehte sich alles um sie, die Bäume tanzten, die Felder schienen ineinander zu wogen, und wie ein starkes Brausen ging es durch die Luft.

Renate schwankte, da legten sich zwei Arme um sie, und aus dem Tosen heraus klang, wie aus einer fernen, fernen Welt eine Stimme an ihr Ohr. »Renate, meine Renate!«

Ein Lächeln glitt über ihre Züge, »wie schön ist der Traum,« flüsterte sie.

»Nein, Renate, kein Traum, es ist Wahrheit, o sieh mich an!«

Renate erblickt Walter

Da öffnete sie die Augen, groß, angstvoll, daß der Traum ihr entschwinden könnte, und sah in ein gebräuntes Männergesicht, das ihr so fremd und doch so vertraut war. Ein Gesicht, an das sie im Wachen und Träumen, in heißen

Schmerzen alle die Jahre gedacht hatte. War sie nur wirklich wach? Da lag das Pfarrhaus, da die wogenden Felder, die Sonne leuchtete rot, alles wie vorher und doch – »Walter,« rief sie plötzlich, »Walter, bist du es wirklich, du lebst, o mein Gott!«

»Ja, Renate,« sagte der Mann, »ich bin es, kein Geist; Fleisch und Blut, ich, dein alter Freund.«

»Du, ach du, kann denn das sein,« schluchzte Renate und umklammerte den Heimgekehrten. »Du, du lebst ja!«

Fritz Flemming stand im Pfarrgarten und hielt Umschau unter den Himbeerbüschen, er sah dabei den Weg entlang, und da fielen ihm vor Schreck die zwei dicken, roten Beeren, die er gerade in den Mund stecken wollte, aus der Hand, ja, was war denn das? Dort stand Renate, und ein Mann hielt sie ganz fest, der Mann aber war ihm ganz fremd, Hans-Heinrich war es nicht, und sein guter Freund, der Onkel Franz aus Schönheide, auch nicht. Eine Weile blieb Fritz ganz verwundert stehen, dann aber ließ er seine Beeren im Stich und lief eilends nach dem Pfarrhaus, um dort zu erzählen, was er gesehen hatte. »Draußen auf der Straße steht Renate, und ein ganz, ganz fremder Mann küßt sie immerzu,« schrie der kleine Kerl und stürmte in das Zimmer, in dem die Eltern und Luise saßen. Zuerst verstanden diese die Worte gar nicht, und der Pfarrer fragte: »Was hast du gesehen, Fritz, sprich?«

Und Fritzchen erzählte, mit vieler Wichtigkeit, was er soeben erlebt hatte. Frau Charlotte wurde totenbleich, ihre Lippen bebten, und mit einem beinahe angstvollen Ausdruck sah sie zu ihrem Manne hin, ihre Blicke senkten sich ineinander, und einer las in des andern Augen, Furcht und Hoffen. »Es wird Hans-Heinrich sein,« stammelte sie.

»Aber nein, Mutter, Hans-Heinrich ist's gewiß nicht,« rief Fritzel, »er sieht doch ganz anders aus.«

»Komm, wir wollen gehen und sehen, wer es ist,« sagte

der Pfarrer, und seine Stimme klang gepreßt. Hand in Hand ging Charlotte Flemming mit ihrem Gatten, sie gingen wie zwei Kinder, die die Hoffnung auf eine große Freude haben und die doch fürchten, sie könnten getäuscht werden. So traten sie beide in die Haustür, gerade als Walter mit Renate durch den Garten kam. »Walter!« – »Mein Sohn!«

In diesen Rufen lag all der heiße Schmerz der langen Jahre, den die Elternherzen um ihren Sohn gelitten hatten, das namenlose Glück, ihn wiederzuhaben.

Sie hielten ihn in ihren Armen und meinten zu träumen, gerade wie vorher Renate.

Und dann saßen sie im Zimmer, mitten unter ihnen der Totgeglaubte, der so heiß Beweinte, die Eltern hielten seine Hände in den ihren, und die Tränen liefen ihnen aus den Augen, aber es waren Freudentränen. Und Luise lachte und weinte und versicherte immer wieder, sie hätte geahnt, daß der Bruder wiederkehren würde, sie umarmte Renate, die ganz still, mit großen, verklärten Augen dasaß, und Fritzel jauchzte, und in allen Jubel, alles Fragen und Antworten hinein sagte die Mutter mit bebender Stimme: »Er ist es wirklich, o, mein Gott, wie danke ich dir!«

Und dann kamen vom Herrenhaus her Frau Friederike und Hans-Heinrich, letzterer rief schon an der Tür: »Ist der Gast, den ich euch brachte, nicht willkommen?«

Walter Flemming ist wieder da, der Totgeglaubte zurückgekehrt!

Die Kunde kam ins Dorf, so schnell wie damals die Nachricht von dem großen Sieg bei Leipzig. Jungfer Karoline kam gleich nach ihrer Herrin, sie war noch schnell in den Garten gelaufen und hatte Blumen gepflückt, in ihrer Aufregung hatte sie lauter große, leuchtende Feuerlilien abgebrochen, daran roch sie unterwegs fortwährend, und so wurde ihre Nase ganz gelb. Als sie in das Zimmer kam und Walter sitzen sah, da vergaß sie sogar ihre feierlichen

170

Verbeugungen, ihre geschraubten Redensarten, sie fiel dem jungen Mann einfach um den Hals, und ihr altes, gutes Gesicht strahlte vor Freude; im Überschwang der Gefühle umarmte sie dann Luise und gab ihr die Feuerlilien. Dann tat sich wieder die Tür auf, und der Magister Fürchtegott Richter erschien. »Ist's möglich, ist's möglich, hat unser lieber Herrgott ein Wunder getan?« rief er.

Franz Strobeck, der Schmied, ließ den Hammer wuchtig niederfallen, als seine Frau die Worte in die Werkstatt rief: »Pfarrers Walter ist wieder da!«

»Daß gleich das Donnerwetter dreinschlage, Alte, was sagst du?« Franz Strobeck lief zur Schmiede hinaus, dem Pfarrhaus zu, und nahm sich nicht einmal Zeit, die Ärmel seines blauen Hemdes wieder über seine rußigen Arme zu streifen. Einer nach dem andern kam, um den Heimgekehrten zu begrüßen, und Walter Flemming hatte kaum Zeit, all die Hände zu drücken, die sich ihm entgegenstreckten, und alle die Fragen zu beantworten: »Wo er so lange gewesen sei?«

»In französischer Gefangenschaft!«

»Der Teufel soll die Franzmänner holen,« rief der Schmied, und kratzte sich verlegen hinter den Ohren, als er auf den Pfarrer blickte. Die Schmiedsfrau aber, die gerade eintrat, sagte zu Jungfer Karoline: »Mein Mann ist und bleibt ein Hitziger!«

»Warum er nicht geschrieben hätte?« fragte Daniel Romeike.

»Der Brief müsse verloren gegangen sein.«

»Wo man ihn gefangen gehalten habe?«

»In einer kleinen Festung an der spanischen Grenze!«

»Eintränken müsse man es den Franzosen, es wäre doch lange Frieden.«

So schwirrten Fragen und Antworten durcheinander,

und wenn die Leute zurückgingen, dann standen sie noch auf der Dorfstraße und redeten lebhaft miteinander. Einer der Ihren heimgekehrt, ein Sohn des Dorfes, war es nicht als wäre jedem Hause eine heilige Freude widerfahren? In manchem Herzen regte sich da leise eine Hoffnung, zwar, man hat ihn bestimmt totgesagt, aber wer weiß, wenn der Walter Flemming zurückgekehrt war, o Gott, vielleicht wäre es doch noch möglich!

Die alte Mutter Romeike sandte noch am Abend ins Pfarrhaus und ließ um Jesu willen bitten, der Herr Pfarrer möge doch mit seinem Sohn kommen, bei ihr ging's gewiß zum Sterben, und sie hätte noch den einen Wunsch, den Heimgekehrten zu sehen. Vater und Sohn gingen noch hin, die Enkelin mußte mit einem brennenden Kienspan Walters Gesicht beleuchten, damit die Großmutter mit ihren halberblindeten Augen ihn sehen konnte.

»Ja, er ist es,« murmelte sie, und dann forschte sie, ob er nichts von ihrem Enkel wußte. Walter konnte ihr keine Auskunft geben. »Er fiel bei Laon,« sagte der Pfarrer.

Die alte Frau nickte, »so sagen sie, und da werde ich ihn bald wiedersehen,« dann legte sie segnend ihre welken, arbeitsmüden Hände auf Walters Haupt.

Am Abend kam von Schönheide der Freiherr Franz herübergeritten, der lange Friedrich hatte ihm einen Boten gesandt, er saß mit in dem Familienkreise, und nun erst konnte Walter seine Erlebnisse berichten, sie saßen alle zusammen in dem Wohnzimmer, durch das offene Fenster strömte die warme Sommerluft in das Gemach, und Nachtschmetterlinge flatterten, von dem Licht angezogen, herein: »Wie schön es daheim ist,« sagte Walter leise, »ach wie oft habe ich an die Heimat gedacht. Im Schlachtenlärm, bei den langen Märschen, im Feindesland und dann in der langen, langen Gefangenschaft. Bei Leipzig bin ich gut fortgekommen, und dann später auch bei unserm Marsch nach Frankreich. Bis zu dem Tag von La Chaussee, es war kein heißer Tag, wie der von Leipzig, aber doch fiel mancher meiner Kameraden. Wir waren ein Häuflein, das abgetrennt war von den andern, unser Oberst war verwundet worden, unsere Fahne in Gefahr, da haben wir denn versucht, den Rückzug zu decken, bis die Verstärkung kam. Ich erhielt einen Schuß, wie ein Schlag war es, und ich weiß nur noch, daß ich das laute Siegesgeschrei der Unsern hörte, wie ich zu Boden sank. Ich mußte wohl lange ohne Besinnung gelegen haben, als ich erwachte, war es dunkel um mich her, ich empfand einen rasenden Schmerz in der Brust, und brennender Durst quälte mich, ich versuchte, mich aufzurichten, aber stöhnend sank ich wieder zurück. Ich sah über mir an dem dunkeln Nachthimmel einige Sterne glitzern, und manchmal klang das Wimmern und Stöhnen derer an mein Ohr, die gleich mir verwundet und verlassen auf dem Schlachtfeld lagen. Ich war so matt und schloß wieder die Augen, und auf einmal klang wie aus weiter Ferne Hilferuf an mein Ohr, und zugleich empfand ich wieder den rasenden Schmerz. Ich öffnete mühsam die Augen, neben mir lag jemand, ich konnte eine dunkle Gestalt erkennen, und dann hörte ich Worte, ein Flehen war es um Wasser, ein jammervolles Bitten. Es war ein französischer Offizier. Mühsam suchte ich meine Feldflasche, nur das Jammern meines Nachbars gab mir die Kraft zu dieser Anstrengung. Ich fand die Flasche und reichte sie dem Offizier, ich hörte noch seinen Dank, dann verlor ich wieder das Bewußtsein.

»Ich muß wohl lange so gelegen haben. Einmal war es mir, als hörte ich Stimmen, dann wieder hatte ich das Gefühl, als schwebte ich, und dann war ich wieder in der Heimat, ich hörte alle eure lieben Stimmen und dann wieder Schreien und Tosen. Als ich endlich zum Bewußtsein kam, lag ich auf einem Wagen, der langsam dahinfuhr. Ich richtete mich mühsam auf, und sah nun neben mir, vor mir, hinter mir französische Soldaten. Stumm zogen sie ihres Weges, und es war ein seltsames Bild, wie ein Gespensterzug, schweigend und finster zogen sie einher. Ich lag auf Stroh, und mein Lager war keineswegs sehr bequem, da der Wagen hin und her schwankte, außerdem schmerzten Brust und Kopf mich heftig, ich drehte mich ein wenig zur Seite, da sah ich einen französischen Offizier liegen, ihm war aus Stroh und Mänteln ein etwas bequemeres Lager bereitet. Als er sah, daß ich wachte, richtete er einige freundliche Worte an mich und winkte dann einem Soldaten, der mir Brot und Wasser reichte; heißhungrig griff ich zu, und kaum hatte ich mein Mahl beendet, da schlief ich schon wieder ein. Es kam mir kaum zum Bewußtsein, daß ich in französischer Gefangenschaft war. Anfangs fühlte ich auch die Härten der Gefangenschaft nicht allzu sehr. General Maillard sorgte gut für mich, aus Dankbarkeit, daß ich ihm auf dem Schlachtfelde die Flasche gereicht hatte. Wir kamen nach einem Lazarett in eine kleine Stadt, dort lag ich viele Wochen schwer krank, und während dieser Zeit wandelte sich mein Schicksal, mein Beschützer starb. Fast schon genesen war er, da trat eine Verschlimmerung ein, und gerade an dem Tage, an dem der Arzt mir sagte, ich würde vollständig gesund werden, starb der General. Ich fühlte es bald, daß ich ihn verloren hatte, auf seinen Befehl hatten mich damals die Soldaten vom Schlachtfeld mitgenommen, nun war ich ein überflüssiger, verhaßter »Prussien«. Er hat es gut mit mir im Sinn gehabt, mein Beschützer, er wollte sich dankbar erweisen, und doch, welchem Elend hat er mich ausgeliefert. Eine Zeitlang blieb ich noch in dem Lazarett, von dort aus schrieb ich an euch. Einem Wärter opferte ich alles, was ich noch an Wertsachen besaß, damit er den Brief befördere, daß er nie angekommen ist, hat mir Hans-Heinrich erzählt. Später wurde ich mit vier Leidensgefährten, einem preußischen, zwei österreichischen und einem russischen Offizier nach St. J., einer kleinen

Festung, nahe der spanischen Grenze, gebracht. Wir schlossen uns bald aneinander an, wir sprachen von unserer Heimat, von unserer Hoffnung, bald frei zu kommen, aber meine Kameraden waren alle verwundet, und die feuchte, moderige Luft in den Kasematten von St. J. zerstörte ihre schwache Lebenskraft. Wir waren nicht lange zusammen, einer nach dem andern nahm Abschied für immer, und eines Tages trug man den letzten meiner Gefährten hinaus, wo er klanglos begraben wurde, und ich war allein.

»Allein! – O, ihr könnt nicht ermessen, wie oft ich verzweifelt dieses ›Allein‹ empfunden habe, wie oft ich die heiße Stirn an die feuchte, kalte Mauer meines Gefängnisses gepreßt habe, und geweint in ohnmächtigem Schmerz. Allein! – Verlassen! – Vergessen! –

»Die Tage schlichen hin, einer wie der andere, so trostlos, sie wurden zu Wochen, zu Monaten und Jahren. Ich wußte in meiner engen Zelle nicht, wie draußen der Welt Lauf war, ich wußte nicht, ob mein Vaterland seine Freiheit errungen hatte oder ob noch die Hand des Eroberers auf ihm lag. Ich saß in meiner Zelle, von der ich durch ein stark vergittertes Fenster ein Stück Himmel und eine graue Mauer sehen konnte, dies war meine Welt. Als besondere Gnade mußte ich es ansehen, daß man mir einige Bücher gegeben hatte, es waren drei Stück, ein Gebetbuch in lateinischer Sprache, ein altfranzösisches Legendenbuch und einen Band Diderot. Wie froh war ich, liebe Mutter, daß Sie mich Französisch gelehrt hatten, und wie oft habe ich früher darüber gemurrt, daß ich es lernen mußte. Zuletzt konnte ich die Bücher fast auswendig, und doch habe ich sie immer und immer wieder gelesen, nur um die tödliche Einsamkeit zu überwinden. Manchmal habe ich auch laut mit mir gesprochen, um eine Stimme zu hören, schaurig klang sie mir in dem düsteren Raum. Wäre ich nicht so jung gewesen und hätte ich nicht immer ein Stückchen des Himmels gesehen, so wäre ich völlig verzweifelt, so aber kam immer wieder die Hoffnung in mein Herz.

»Ich sann auf Flucht. – Ich begann mit den Händen an der Mauer zu kratzen, sie schien mich zu höhnen in ihrer Dicke und Undurchdringlichkeit, ich lag auf dem Boden und untersuchte die Steinfliesen, sie spotteten meiner Kraft.

»Ich habe die abenteuerlichsten Gedanken gehabt, um frei zu werden, aber was half mir alles. Ich zerschnitt mein Bettuch in schmale Streifen, und wie ich mitten in der Arbeit war, kam mein Schließer und nahm mir mit finsterem Lachen meinen halbvollendeten Strick fort. Seitdem verdoppelte er seine Aufmerksamkeit. Er hatte, wenn er mir meine Nahrung brachte, auf alle meine Fragen nur eine kurze, barsche Antwort, sein finsteres Gesicht erhellte nie ein freundlicher Zug. Einmal des Tages durfte ich für kurze Zeit auf dem Hof der Festung Luft schöpfen, mein Wärter ging hinter mir her, mich unablässig bewachend, öde, trostlos waren diese kurzen Gänge, und doch habe ich mich auf sie gefreut, sehnte mich nach ihnen wie nach einem Glück.

»Und dann kam meine Befreiung!

»Eines Tages saß ich in finstere Gedanken vertieft und sah auf das kleine Fenster, das mit seinem starken Gitter mich höhnte, da öffnete sich plötzlich die Tür, und auf der Schwelle standen zwei französische Offiziere. Ich starrte sie an wie eine Erscheinung, was wollten sie von mir, brachten sie mir Freiheit oder Tod? Ich konnte anfangs vor Aufregung kaum sprechen, und als der eine der beiden sagte, ›er brächte mir Freiheit‹, da weinte ich wie ein Kind.

»Endlich faßte ich mich soweit, um die Fragen der Offiziere zu beantworten, und ich erfuhr von ihnen, daß bereits im November zum zweiten Male Frieden geschlossen sei, jetzt war es April. Der alte Kommandant der Festung hatte es unterlassen, meine Anwesenheit zu melden, er überließ mich dem Schließer, der genau die Befehle befolgte, die er am Tage meiner Einlieferung erhalten hatte. Hätten die beiden Offiziere, die, auf einer Inspektionsreise begriffen, in die Festung gekommen waren, nicht durch einen Soldaten erfahren, daß sich hier ein Gefangener befände, man hätte mich ruhig weiter um meine Jugend, meine Freiheit betrogen.

»Die Offiziere behandelten mich mit großer Höflichkeit, die ganze Sache war ihnen sichtlich unangenehm. Einige Wochen mußte ich noch in St. J. verweilen, dann kam eines Tages der Befehl, ich könne reisen. Ich bekam eine kleine Summe Geld ausgehändigt, mußte mein Ehrenwort geben, Frankreich so schnell wie möglich zu verlassen, man übergab mir noch einen Brief an den französischen Gesandten in Berlin, und an einem wundervollen Frühlingsmorgen fuhr ich von St. J. fort, hinein in die Welt, ein freier Mann.

»Mein Weg führte mich über Bordeaux durch das schöne, blühende, üppige Weinland hindurch, ich, der ich so lange nichts wie den öden Festungshof gesehen hatte, befand mich wie in einem Traum, aber so viel Schönes ich auch sah, so anmutig die Reise verlief, den rechten Genuß hatte ich nicht, meine Sehnsucht nach der Heimat war zu groß. Und dann kam ich an den Rhein, sah den schönen Strom wieder, den ich im Winter einst überschritten hatte, überschritten in froher Siegeshoffnung. Ich hörte zum ersten Male wieder seit vielen Jahren deutsche Laute. Ich habe auf der Erde gelegen und den deutschen Boden geküßt. ›Heimat!‹ – ›Vaterland!‹ – Ich lachte den Leuten ins Gesicht, die mir einen deutschen Gruß boten, und dabei liefen mir die hellen Tränen über die Wangen.

»Ich mußte meinen Weg zum größten Teil in Deutschland zu Fuß zurücklegen, da meine Mittel nicht ausreichten, die

Post zu bezahlen; so sehr dadurch meine Heimkehr sich verzögerte, so war es mir doch ein Genuß, durch deutsche Länder zu wandern. Meine durch die lange Gefangenschaft geschwächten Kräfte hoben sich, meine Haut bräunte sich, ich wurde wieder jung und stark.

»In Leipzig, über das mich mein Weg führte, weilte ich einen Tag, ich wanderte auf die Schlachtfelder hinaus, und freundliche Leute, die mir artig Auskunft gaben, erzählten mir viel von jenen Schreckenstagen. Ich sah die weiten Ebenen, die unser Blut getränkt hat, jetzt wogt das Korn auf den Feldern und die Spuren sind zum Teil verwischt. Endlich kann unser Volk aufatmen in Freiheit!

»Was soll ich noch weiter erzählen, von meiner Ankunft in Berlin, wo ich mich meldete, den Brief an den Gesandten abgab, der die Wahrheit meiner Worte bestätigte, von dem Wiedersehen mit Hans-Heinrich, von meinem Glück, Kunde aus der Heimat zu hören. Und dann die Unruhe, die immer mehr wachsende Ungeduld und Sehnsucht, als die Gegend bekannter wurde; als unser See, der Wald auftauchte, und ich mich kurz vor dem Dorfe trennte, um allein ins Vaterhaus zu gehen.«

Walter schwieg, und eine Weile lag tiefes Schweigen auf dem kleinen Kreise. Auch der Heimgekehrte sann der vergangenen Zeit nach, der trüben, schweren Zeit, doch die lag hinter ihm, und eine frohe Gegenwart war da. Er sah auf Renate, und er begegnete ihrem warmen, treuen Blick, da richtete er sich straff auf und sagte mit froher Stimme: »Die Heimat hat mich gleich reich gemacht. Hier, an der Schwelle des Vaterhauses, trat mir mein Glück entgegen, diejenige, deren Bild in meinem Knabenherzen ich mit mir nahm, traf ich als liebliche Jungfrau wieder. Sie, die fast noch ein Kind war, als ich Abschied nahm, hat treu in ihrem Herzen die Liebe für mich bewahrt, Vater, Mutter, darf der heimgekehrte Sohn euch auch die Tochter ins Haus führen?«

Wie gern gaben die Eltern ihren Segen, wie strahlten ihre Augen in dankbarem Glück, als sie die Kinder in die Arme schlossen, und wie freudig bewegt zog auch Frau Friederike die beiden an ihr Herz, und Luise flüsterte: »Brennende Liebe und Braut im Haar, o, Renate, was sagte ich dir heute!«

Da traf Hans-Heinrichs Blick den ihren, und eine heiße Glut stieg ihr in die Wangen, ihre Augen ruhten ineinander und ihre Herzen erfüllte die glückselige Ahnung einer schönen kommenden Zeit.

»Meine Renate wird noch lange des Tages harren müssen, an dem ich ihr ein Heim bieten kann,« sagte Walter dann ernst, »denn nun erst muß ich beginnen, mir eine Lebensarbeit zu suchen. Als ich ein Knabe war, erschien mir die Heimat eng, ich sehnte mich in die Weite, und nun ich in der Ferne die Enge kennen gelernt habe, erscheint mir die Heimat weit und schön, meines Herzens Wunsch ist, ich könnte in der Heimat bleiben. Vielleicht hat die Heimat Raum für einen, der sich aus vollem Herzen nach Arbeit sehnt. Auf welchen Platz mich das Schicksal auch hinstellt, ich will arbeiten, danach habe ich mich gesehnt als ich im Gefängnis lag, wie sehr kann nur der ermessen, der solche Zeit durchlitten hat.«

»Die Zeit liegt noch nicht fern, da standen wir einmütig auf, einer des anderen Bruder im Kampfe fürs Vaterland, so wollen wir es auch im Frieden halten und einmütig zueinander stehen,« rief der Freiherr Franz von Seeheim. »Braver Junge du, was ich tun kann, dir und meiner lieben Nichte einen Hausstand zu gründen, soll geschehen, und wie mir scheint, hegt meine liebe Base Friederike die gleiche Ansicht!«

Frau von Seeheim sah gütig auf das junge Paar, »wie gern, wie gern will ich helfen!«

»Du bleibst hier bei uns,« rief Hans-Heinrich, »werde ein

Landmann, wie ich, damit auch wir zusammen bleiben können!«

»Ja,« sagte Walter froh, »ich will es gern, ich habe das Gefühl, als könnte ich gar nicht Freiheit, Luft und Sonnenschein genug bekommen, nach den dunkeln Jahren!«

»Nun, und eine Scholle für den künftigen Landwirt soll sich schon finden,« sagte der Freiherr, »vorerst komm zu mir, mein Junge, und lerne bei mir, willst du?«

Walter Flemming schlug fröhlich in die dargereichte Hand, und nun begann ein frohes Planen und Sprechen von künftigen Tagen.

Die Kerzen waren inzwischen niedergebrannt, und Luise löschte die schwelenden Dochte, aber die Helle des neuen Tages breitete sich schon im Zimmer aus. Der Osten flammte im tiefen Rot, vom Dorf her klang das Krähen eines Hahnes, der den Morgen ankündete, und in den Zweigen der alten Linde, die vor dem Hause stand, huben die Vögel zu zwitschern an. Der Morgenwind strich leise über die Blumen im Garten und nahm ihren süßen Duft und trug ihn durch das offene Fenster hinein zu den Menschen, die da in stiller Glückseligkeit beieinander saßen.

»Die Sonne geht auf,« sagte Pfarrer Flemming, »ein neuer Tag bricht an und wir wollen unsern lieben Herrgott bitten, daß es für uns ein Tag werde voll fröhlicher Hoffnung, voll treuer Arbeit in stillem Frieden!«

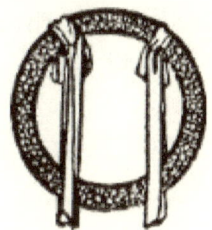

Inhalt

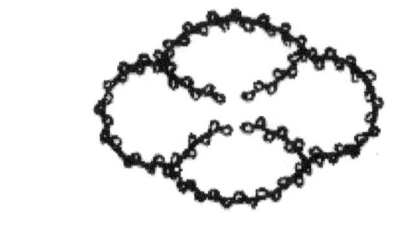